KB012927
부르
잖아요,
다크니스
씨.
이 멋진 세계에 축복을! 3

돌아가고 싶어….
일본으로
돌아가고 싶어….
카즈마
이의 있소!
아쿠아
걱정 마세요.
저에게 맡겨
주세요.
메구밍
…….
다크니스

피고인에게
국가전복죄의
적용을 요구합니다!
세나
아하하하…….
어쩌다보니
불려왔어.
크리스
피고인.
제대로 된 인물을
변호인으로 선정하시오.
재판장

온몸에 묻은 끈적끈적한 건
개구리의 분비물이에요.
이대로 그라운드 기술을
펼쳐 주겠어요!
메, 메구밍?
웃기지도 않는 농담하지 마!
다가오지 말라구!
융융

주인님,
맡겨만 주세요.

이건 악마한테서 나는 냄새야!
고약해! 틀림없어,
이대로는……
……나, 난처하게 됐네요.

이 멋진 세계에 축복을! 3

CONTENTS

부르잖아요, 다크니스 씨.

이 멋진 세계에 축복을! 3

아카츠키 나츠메 지음
미시마 쿠로네 일러스트
이승원 옮김

Character

피고 측

아쿠아

은둔형(카즈마) 니트의 변호는 여신인 나에게 맡겨 두라고!

연령 미상
아크 프리스트

카즈마

어이, 부탁이니까 아무것도 하지 마…….

메구밍

훗! 저에게 맡겨 주세요. 홍마족은 지능이 매우 뛰어나거든요.

13세
아크 위저드

제발 부탁이니까 암전히 좀 있으라고!

다크니스

어떤 증거를 제시해도 견뎌내는, 강인한 의지와 철벽같은 방어력을 자랑하는 내가 변호를 맡아주마!

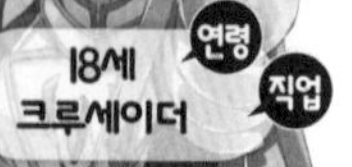

18세
크루세이더

체인지!

16세
모험가

융융

13세
아크 위저드

에리스

연령 미상
여신

위즈

20세
점주

Characters

Profile

고발 측

Other

프롤로그

—부모님께.

그쪽 세계는 추위가 심할 시기입니다만, 아버지, 어머니는 어떻게 지내고 계신지요.

"피고인, 사토 카즈마. 피고인이 거듭 저질러온 비인도적인 문제 행동 및……."

그쪽은 슬슬 눈이 녹기 시작할 즈음인가요?

동생도 잘 지내고 있는지요?

"마을의 치안을 현저하게 어지럽히는 반사회적 행위를 고려해볼 때……."

모두들, 분명 변함없이 건강히 지내고 있을 거라 생각합니다.

"검찰관의 주장이 타당하다고 판단한다."

저는 이쪽 세계에서 건강히 잘 지내고 있으니—.

"고로, 유죄인 피고에게—."

범죄자가 된 이 불효자를…….

"—사형을 선고한다."

부디, 용서해주십시오—.

제1장 이 부당한 재판에 구원을!

1

누가 이름을 붙인 건지는 모르겠지만, 어이없는 이름에 어울리지 않게 전 세계 사람들이 두려워하는 현상범이 있다.

기동요새 디스트로이어.

그 거물 현상범은 얼마 전, 내 멋진 작전 지휘에 의해 무사히 격파됐다.

그리고 현재, 나는 디스트로이어 격파 상금을 나눠준다는 말을 듣고 길드에 왔지만—.

"모험가, 사토 카즈마! 네놈은 현재 국가전복죄 혐의를 받고 있다! 순순히 따라오도록!"

왠지 이상한 상황에 처하고 말았습니다.

"……으음, 너는 누구야? 그리고 웬 국가전복죄? 나는 상금을 받으러왔을 뿐이라고."

나는 험악한 표정을 짓고 있는 눈앞의 여자에게 주뼛주뼛하면서 물었다.

떠들썩하던 길드 안은 기사 두 명을 대동한 여자가 그렇게 말한 순간, 조용해졌다.

“나는 왕국 검찰관인 세나. 국가전복죄란 그 말 그대로, 국가를 뒤흔들 정도의 범죄를 저지른 자에게 묻는 죄다. 네놈은 현재 테러리스트, 혹은 마왕군의 하수인이 아니냐는 혐의를 받고 있다.”

세나라는 이름의 흑발 롱헤어 여성은 그렇게 말하면서 나를 향해 험악한 시선을 보냈다.

사장 비서 같은 분위기를 지닌 그녀는 머리가 좋을 것 같은 인상의 미인이었다.

세나의 말을 들은 아쿠아는 깜짝 놀란 목소리로 말했다.

“뭐어?! 카즈마, 너 또 무슨 짓을 저지른 거야?! 내가 안 보는 데서 무슨 범죄를 저지른 거냐구! 자, 사과해! 나도 같이 사과할 테니까, 빨리 용서를 빌란 말이야!”

“이 멍청아! 내가 그런 죄를 지을 리가 없잖아! 그리고 내가 아무 짓도 안했다는 건 항상 같이 다니는 네가 가장 잘 알 거 아냐!”

내가 아쿠아를 향해 그렇게 외치는 사이, 메구밍이 세나에게 말했다.

“잠깐만 기다리세요. 뭔가 잘못된 것 아닌가요? 카즈마는 성희롱 같은 쪼잔한 범죄는 자주 저지르지만, 그런 어마어마한 죄를 지을 배짱이 없어요."

"너, 나를 감싸는 거야, 아니면 시비를 거는 거야? 그것부터 확실하게 하라고."

내가 메구밍에게 태클을 날리자, 다크니스도 입을 열었다.

"흠. 나도 이 남자가 그런 엄청난 죄를 저질렀을 것 같지는 않구나. 그럴 배짱이 있다면 저택 안에서 얇은 옷차림으로 돌아다니는 나를, 짐승 같은 눈길로 쳐다보면서 아무 짓도 하지 않았을 리가 없다. 이 남자는 밤에 내 침대로 숨어들 배짱도 없는 얼간이지."

"쳐쳐쳐쳐, 쳐다본 적 없거든?! 너, 자의식 과잉 아냐?! 몸매가 좀 에로틱하다고 우쭐대지 마. 나한테도 상대를 선택할 권리가 있단 말이다!"

내가 그렇게 말하자, 다크니스는 얼굴을 새빨갛게 붉혔다.

"네, 네놈, 욕실에서 나한테 그런 짓을 해놓고, 이제 와서……!"

"그때는 서큐버스에게 조종당하고 있었어! 너야말로 분위기에 휩쓸려 내 등을 씻겨줬잖아! 너, 혹시 기대하고 있었던 거냐? 진짜 가지고 놀기 쉬운 여자네!"

"너너너너, 너, 역시 기억하고 있는 것이냐……! 그리고 에리스 님을 모시는 크루세이더인 나는, 아직 순결을 지키고 있다! 그런 내가 가지고 놀기 쉬운 여자라고?! 죽여주마!"

무시무시한 소리를 하면서 내 목을 조르려 하는 다크니

스와 몸싸움을 벌이고 있을 때, 세나의 옆에 있던 기사 중 한 명이 우리 사이에 끼어들었다.

그리고 이 소동을 보면서도 눈썹 하나 까딱하지 않던 세나가 차가운 목소리로 말했다.

"이 남자의 지시로 전송된 기동요새 디스트로이어의 핵인 코로나타이트. 그것이 이 땅을 다스리는 영주님의 저택으로 전송되었습니다."

그 말이 세나의 입에서 나온 순간, 길드 안은 완벽한 정적에 휩싸였다.

—코로나타이트. 디스트로이어와의 전투 중, 폭발 직전의 그 돌을 텔레포트 마법으로 전송시키라는 지시를 내린 이는 바로 나다.

그게 설마—.

"맙소사. 내 탓에 영주가 죽어버린 거구나……!"

"죽지 않았다! 함부로 죽이지 마라! 고용인은 전부 저택 밖에 나가 있었으며, 영주님은 지하실에 계셨던 덕분에 부상을 입은 사람도 없다. 저택은 박살이 나고 말았지만 말이다."

나는 부상자가 없다는 말을 듣고 안도의 한숨을 내쉬었다.

"그럼 디스트로이어와의 전투 때문에 죽은 사람은 한 명도 없다는 거네. 정말 다행이야."

"뭐가 다행이라는 거냐! 네놈은 현재 상황을 이해하고 있는 것이냐? 영주님의 저택에 폭발물을 전송해 저택을 날려 버린 것이다. 아까도 말했지만, 현재 네놈는 테러리스트 혹은 마왕군의 하수인이 아니냐는 혐의를 받고 있다. 자세한 이야기는 서에서 듣겠다."

세나의 말 때문에 정적에 휩싸였던 길드 안이 다시 시끌벅적해졌다.

그럴 만도 했다. 이곳에 있는 모험가들은 나를 잘 아는 것이다.

그리고 디스트로이어와의 전투에서 내가 선보인 활약상 또한 알고 있었다.

"훗, 무슨 소리를 하나 했더니……. 카즈마는 디스트로이어와의 전투를 승리로 이끈 공로자거든요? 그 돌을 전송시키라는 지시를 내린 사람은 카즈마가 분명하지만, 그것도 긴급 상황에서의 어쩔 수 없는 조치였어요. 카즈마가 기지를 발휘하지 않았다면 코로나타이트의 폭발 때문에 사상자가 생겼을지도 모른다고요. 칭찬을 받으면 받았지, 비난당할 일은 아니란 말이에요."

메구밍이 그렇게 말하자, 길드 곳곳에서 그 말에 동의하는 목소리가 터져 나왔다.

너, 너희들……!

내가 살짝 감동하고 있을 때, 세나가 차가운 목소리로 말했다.

"참고로 국가전복죄는 범행을 저지른 주범 이외의 이들에게도 적용되는 경우가 있다. 재판이 끝날 때까지 언동에 주의하는 편이 좋을 거다. 이 남자와 함께 감옥에 갇히고 싶다면 말리지는 않겠지만 말이야."

그 말이 들린 순간, 길드 안은 또 정적에 휩싸였다.

그리고—.

"……그러고 보니 카즈마는 그때 이렇게 말했지? 『괜찮아! 이 세상은 보기보다 넓다고! 사람들이 있는 장소로 전송될 가능성보다, 아무도 없는 장소로 전송될 가능성이 훨씬 커! 책임은 전부 내가 질 테니 걱정하지 마! 나는 이래봬도 운이 좋다고!』……라고 말이야."

아쿠아가 갑자기 그런 소리를 했다.

……확실히 그런 말을 했지만, 이 녀석은 바보면서 왜 그런 걸 기억하고 있는 거야. 아니, 그것보다…….

"아쿠아. 너 설마 진짜로 나한테 모든 책임을 떠넘기려는 건…… 아니……지……?"

아쿠아는 내 질문에 대답하지 않았다. 그리고 거북한 표정을 지으며 내 시선을 피했다.

"저는 디스트로이어 내부에 들어가지는 않았어요. 만약 제가 그 자리에 있었다면 분명 카즈마를 말렸을 거예요. 하지만 그 자리에 없었으니 어쩔 수 없죠. 예. 어쩔 수 없어요."

메구밍은 묻지도 않았는데 그런 혼잣말을 큰 소리로 해대고 있었다.

"……어이, 잠깐만. 아쿠아, 메구밍. 너, 너희들, 설마……."

이 녀석들, 설마……!

바로 그때, 다크니스가 나를 감싸듯 세나 앞에 섰다.

"잠깐. 주범은 나다. 그러니까, 부디, 그 감옥 플레이…… 아니지. 카즈마와 함께 연행해서 혹독한 고문을 해다오!"

"당신은 디스트로이어 앞에 서있기만 했을 뿐, 아무짝에도 도움이 되지 않았다면서요?"

"윽?!"

마음의 상처를 헤집힌 다크니스는 울먹거리면서 나를 쳐다보았다. 하지만 아무짝에도 도움이 되지 않은 것은 사실인데다, 지금은 그딴 걸 신경 쓸 때가 아니기에 그냥 방치했다.

바로 그때, 계속 입을 다물고 있던 위즈가 우물쭈물 손을 들었다.

"저, 저기! 텔레포트 마법을 쓴 사람은 저니까, 카즈마 씨를 끌고 갈 거면 저도……."

아쿠아는 위즈가 든 손을 움켜잡으면서 말했다.

"안 돼, 위즈! 괜히 희생자를 늘릴 필요는 없잖아! 힘들겠지만 지금은 꾹 참아……! 그리고 영원히 카즈마와 작별하는 것도 아냐. 카즈마가 무사히 감방 생활을 끝내고 돌아올 때까지 우리가 기다려주자. 응?"

이 망할 녀석! 내가 감방에 가는 게 확정된 것처럼 지껄이지 말라고!

뭐, 위즈에게 지시를 내린 사람은 나니까, 처음부터 그녀는 감싸줄 생각이었지만 말이야!

"너희가 내 편을 들어주지 않더라도, 길드 사람들이 내 편을 들어줄 거라고!"

그렇게 말하면서 길드 안을 둘러보니, 모험가들은 나와 시선이 마주치기도 전에 고개를 돌렸다.

이, 이 녀석들까지……!

"어이, 너무하잖아! 더 분발하라고! 더 항의하란 말이다!"

내가 그렇게 외치자, 한 여자 마법사가 입을 열었다.

"제가 카즈마 씨를 처음 본 건…… 그래요. 카즈마 씨가 이 길드 뒤편에서 여자 도적의 속옷을 벗길 때였어요. 정말 충격적인 광경이었죠."

자, 잠깐……!

"그래. 카즈마라면 언젠가 엄청난 범죄를 저지를 거라고 생각했어……."

"동감이야. 동료 프리스트를 철제 우리에 넣어서 악어 미끼로 썼다면서?"

"자신에게 도전한 상대의 마검을 빼앗아서 팔아치웠다는 이야기도 들은 적 있어."

"너희들, 그렇게 손바닥 뒤집듯이 태도를 바꾸는 거냐! 방금 그딴 소리 한 놈들의 얼굴은 다 외워뒀어! 내가 무죄라는 게 증명되면……!"

그런 소리를 하고 있는 내 양팔을, 두 기사가 움켜잡았다.

"너희 전부, 두고 보자아아아아아앗!"

2

—마을 중앙에 위치한 경찰서.

선량한 일개 모험가인 나와는 인연이 없는 장소다.

하지만 나는 지금 경찰서의 가장 깊숙한 곳을 향해 걸음을 옮기고 있었다.

"자, 들어가라. 재판이 끝날 때까지는 여기가 네놈의 방이다."

앞장서서 걷던 세나가 그렇게 말하면서 걸음을 멈춘 곳은, 좁고 어두어둑한 감옥 앞이었다.

"어이, 나는 일단 이 마을을 구한 영웅이거든? 그런 나를 진짜로 감옥에 집어넣는 거야? 응? 진심이야?"

감옥을 보고 겁을 먹은 나는 애원하는 목소리로 세나에게 그렇게 말했지만…….

"자세한 이야기는 내일 듣겠다. 오늘은 여기서 편안히 지내도록."

내 질문을 무시한 세나는 냉정한 목소리로 그렇게 말했다. 그리고 그 말을 신호로, 기사들은 나를 감옥 안에 집어넣었다.

그리고 세나는 뒤돌아서더니 기사들과 함께 돌아갔다.

"어이! 잠깐만 기다려! ……어이! ……어이……, 맙소사……."

어둑어둑한 감옥에 갇힌 나는 양손으로 창살을 움켜쥔 채 망연자실했다.

……나, 오늘 아침까지만 해도 저택에서 데굴거리고 있었다고—.

그런데 왜 이렇게 된 거지?

아연실색한 채 감옥 안을 둘러보니, 차가운 바닥에는 모포 몇 장이 깔려 있고 구석에는 조그마한 화장실이 있었다. 그 외에는 쇠창살이 설치된 창문밖에 없었다.

이해가 안 돼. 마을을 구한 사람한테 어떻게 이런 짓을 할 수 있냐고…….

어두운 감옥 안에서 주저앉은 나는, 무릎 사이에 얼굴을 묻었다.

이쪽 세계가 얼마나 불합리하고 살기 힘든 곳인지는 알고 있었지만, 이 정도일 줄이야.

지금 생각해보니, 은둔형 외톨이로 지내던 시절에는 하루하루가 즐거웠다.

따뜻한 방에서 해가 중천에 뜬 후에 일어나, 게임만 실컷 해댔다.

부모님이 준비해준 음식을 먹고, 자고 싶을 때 자고, 일어나고 싶을 때 일어나는 유유자적한 나날을 보냈다.

하지만 이 세계에 온 다음부터는 하루하루가 고생의 연속이었다.

나는 이세계의 상식을 모르기에 변변한 아르바이트나 접객업을 할 수 없었다. 결국 가혹한 막노동 아르바이트를 해야만 했고, 매일같이 마구간에서 잠을 자야만 했다.

게다가 문제아들을 돌봐야했으며, 결국 빚까지 지고 말았다……!

점점 화가 나기 시작했다. 그 녀석들 전부, 밖으로 나가면 두고 보자!

……하지만.

"돌아가고 싶어……. 일본으로 돌아가고 싶어……."

나는 이제 와서 일본으로 돌아간다는 처음 목적을 떠올렸다.

내가 받아야 하는 것은 귀족이나 왕족 같은 녀석들이 존재하는 이세계의 재판이다.

피해를 입은 상대가 상대인 만큼, 까딱 잘못하면 사형을 당할지도 모른다.

무시무시한 상황에 처했다는 사실을, 어두운 감옥 안에 갇히고서야 깨달은 내가 불안을 느끼기 시작한 바로 그때였다.

감옥 안에서 울음을 터뜨리려한 순간, 먼 곳에서 여러 명의 발소리가 들려왔다.

"어이, 저항하지는 않을 테니까 좀 상냥하게 대해달라고!"

"닥쳐라, 이 양아치야! 자, 빨리 걸어!"

철컹철컹 하는 갑옷 소리와 막돼먹은 남자의 목소리가 들렸다.

아무래도 나 이외의 다른 범죄자가 끌려오고 있는 것 같았다.

……잠깐만 있어봐. 감옥이라고는 내가 갇힌 이곳밖에 없잖아.

좀 봐줘. 정체불명의 범죄자와 감옥 안에 단 둘이 있는 건 사양이라고!

"자, 빨리 들어가! 쳇, 네놈은 얼마나 여기에 올 생각인 거냐. 감옥은 네 집 안방이 아니란 말이다. 아무튼 오늘은 너보다 먼저 온 손님이 있으니 싸우지 마라."

"예이예이, 알고 있다고. 그럼 실례할게. ……어라? 카즈마잖아. 이런데서 뭐하고 있는 거야?"

―감옥에 들어온 사람은 이 마을에서 양아치 모험가로 유명한 남자, 더스트였다.

"어이어이, 이런 데서 볼 줄은 몰랐는걸! 너 대체 무슨 짓을 저지른 거야?"

기사들이 사라진 후, 감옥에 갇힌 더스트는 희희낙락하면서 물었다.

“그게 말이야. 테러리스트 취급을 당하고 있어……. 디스트로이어 토벌 때, 폭발 직전의 코어를 다른 곳으로 전송시키라는 지시를 내렸거든? 그런데 그게 영주의 저택으로 전송되어서, 그 집을 박살내버렸더라고.”

더스트는 내 말을 듣더니 그대로 웃음을 터뜨렸다.

“우햐햐햐! 꽤 하잖아, 카즈마! 하긴, 그 망할 영주는 정말 짜증나는 놈이거든! 잘 했어! 우하하하, 꼴좋다!”

“어이, 일부러 노린 건 아냐! 나는 영주에게 원한이 있어서 그런 짓을 한 게 아니라고! ……그것보다 더스트야말로 이런 데서 뭘 하고 있는 거야?”

아까 더스트와 기사의 대화로 볼 때, 그는 이곳의 단골인 것 같았다.

“나? 그게 말이야. 디스트로이어 격파 상금을 준다고 들어서, 그것만 믿고 외상으로 술과 음식을 즐겼을 뿐이야. 꽤 큰돈이 들어올 줄 알고 빚을 내서 도박도 했지. 그런데 상금이 생각했던 것보다 적어서 못 갚겠더라고. 돈이 없어서 마구간에서 지내게 됐는데, 이 계절에 마구간에서 지내는 건 너무 춥거든. 그래서 밥도 주고 얼어 죽을 걱정도 없는 여기서 지낼 요량으로 무전취식을 좀 했지. 여기라면 빚쟁이가 찾아오지 못할 테니까 말이야.”

이 남자는 자기 이름에 걸맞은 녀석이었다.

더스트라는 이름에 걸맞게 인간 말종 같은 짓거리를 하고 이곳에 온 양아치 덕분에, 감옥에 갇힌 탓에 우울해졌던 나의 기분이 조금 풀렸다.

3

더스트와 시답잖은 대화를 나누며 시간을 보낸 후, 저녁을 먹고 일찌감치 잠들었다.

—얼마나 잠을 잤을까.

나는 먼 곳에서 들려오는 폭발음, 그리고 희미한 진동을 느끼고 눈을 떴다.

그와 동시에 낮은 목소리가 들렸다.

"……즈마. ……카즈마! 카즈마, 일어나!"

쇠창살이 달린 창문을 통해 달빛이 쏟아져 들어왔다.

아무래도 밤이 꽤나 깊은 것 같았다.

"저기, 카즈마. 내 말 들려? 응?"

창밖에서 들려오는 목소리는 꽤 귀에 익었다.

나는 주위를 둘러보며, 이 감옥 안에는 코를 골며 자고 있는 더스트와 자신뿐이라는 사실을 확인했다.

경찰서 가장 안쪽의 감옥에 간수를 배치하지는 않을 것이다.

쇠창살이 달린 창문은 내 키보다 훨씬 높은 위치에 있었다.

내가 창가로 다가가자, 아쿠아의 목소리가 더 명확하게 들렸다.

"아쿠아! 너! 뭐야, 대체 뭘 하러 온 거야?!"

"뻔하잖아! 너를 구하러 왔어! 지금 메구밍과 다크니스가 소동을 일으켜서 직원들의 주의를 끌고 있어. 메구밍이 마을 근처에서 폭렬마법을 썼을 거야. 덕분에 경찰서 직원들이 깜짝 놀라서 전부 튀어나갔어. 지금쯤이면 다크니스가 모든 마력을 쓴 메구밍을 업고 그 자리를 벗어나고 있을 거야."

아까 느낀 진동은 폭렬마법 때문에 발생한 거군.

하지만—.

"그런데 도망쳐도 괜찮은 거야? 내가 도망치면 상황이 더 악화되는 거 아냐?"

"무슨 소리를 하는 거야. 국가전복죄면 최악의 경우 사형을 받을 수도 있다더라구. 다크니스의 말에 따르면 이번에 피해를 입은 영주는 엄청 음습하고 집념이 강하대. 신원이 확실치 않은 모험가인 카즈마 정도는 권력으로 진실을 왜곡시켜서 죽여 버릴 거야."

역시 문명 레벨이 중세 수준인 이세계답군.

인간의 목숨을 쓰레기처럼 여기고 있다.

"……탈출해야 한다는 건 알겠는데, 어떻게 여기서 나가지? 창문의 창살이도 자를 거야?"

아쿠아는 내 말을 듣더니 흐흥 하고 자신만만하게 웃었

다. 그리고 격자 사이의 틈으로 뭔가를 던졌다.

작은 금속음을 내면서 바닥에 떨어진 것은 바늘이었다.

대체 무슨 속셈인 거지? 설마, 이 녀석…….

"우선 그 바늘로 만화처럼 감옥의 자물쇠를 열어. 그 후, 카즈마의 잠복 스킬로 경찰서를 탈출하는 거야! 그리고 저택에 도착하면 서둘러 야반도주할 준비를 하자! 그럼 나는 경찰서 앞에서 기다리고 있을게!"

아쿠아는 그렇게 말한 후, 그 자리를 벗어났다.

나는 바늘을 주워들면서 감옥의 자물쇠를 쳐다보았다.

…………그것은 여덟 자리 숫자를 맞춰야 열리는 다이얼 방식 자물쇠였다.

"……잠이나 자자."

나는 다시 모포를 덮었다.

4

"일어나라! 자, 같이 가주실까. 이제부터 취조를 시작하겠다!"

감옥 안으로 들어온 세나가 모포를 덮고 자던 나를 억지로 깨웠다.

"뭐야, 이렇게 아침 일찍……."

"지금은 정오다! 네놈은 평소에 어떤 생활을 하고 있는 것이냐!"

나는 경찰서 직원들의 시선을 받으면서 어느 방 앞으로 끌려갔다.

"자, 들어가라. 우선 네놈의 주장을 들어주마. 그리고 재판을 할지 말지 결정하겠다. 그러니 발언에는 신중을 기하도록."

세나의 위압적인 말을 들은 내가 쭈뼛거리면서 안으로 들어가 보니, 방 중앙에는 책상과 의자 두 개가 놓여 있었다.

그리고 입구 옆에도 조그마한 책상과 의자가 있었다.

이 방의 구조는 형사 드라마에 나오는 취조실과 똑같았다.

나를 데리고 온 기사 중 한 명이 아무 말 없이 입구 옆 의자에 앉더니, 책상 위에 종이를 펼쳤다.

조서라도 쓰는 건가.

나는 또 한 명의 기사에게 재촉을 받으면서 중앙에 놓인 책상 앞에 앉았다.

날뛰기라도 하면 바로 제압하기 위해서인지, 기사는 내 등 뒤에 아무 말 없이 서있었다.

내가 좁은 방 안에서 갑옷을 입은 기사 두 명이 내뿜는 위압감에 압도당하고 있을 때, 세나가 맞은편 의자에 앉더니 조그마한 벨을 책상에 놓았다.

"이게 뭔지 아나? 취조나 재판 시에 흔히 쓰이는 거짓말을 간파하는 마도구다. 이 방에 걸린 마법과 연동해, 발언자의 말에 거짓이 포함되어 있으면 소리를 내지. 그 사실을 유념해둬라. ……그럼, 이야기를 들어볼까."

무거운 분위기 속에서 그렇게 말한 세나는 냉혹한 느낌의 무표정을 짓고 나를 압박하듯 검지로 책상을 두드리면서 취조를 시작했다.

"사토 카즈마. 나이는 16세이며, 직업은 모험가. 클래스 또한 모험가, 라. ……그럼 우선 출신지가 어디이며, 모험가가 되기 전에는 뭘 했는지부터 들어볼까."

느닷없이 허들이 엄청 높은 질문을 받았다.

출신지와 과거의 경력을 어떻게 설명하면 좋을까.

거짓말을 하면 벨이 울린다고 했는데—.

"출신지는 일본이에요. 거기서 학생이었어요."

—**딸랑.**

내가 그렇게 말한 순간, 벨이 울렸다. ……어이, 거짓말은 안 했다고.

손가락으로 책상을 두드리던 세나는 움직임을 멈추고 미간을 찌푸렸다.

"……출신지와 경력을 사칭……."

세나가 그렇게 말하자, 조서를 담당한 기사가 뭔가를 적기 시작했다.

"잠깐만! 나는 거짓말을 하지 않았어!"

—**딸랑.** ……어째서야. 어째서 종이 울리는 거냐고!

나는 일본 출신에, 학생……! ……학……생…….

"……출신지는 일본이에요. 매일 집에 틀어박혀 놀기만 했어요."

내가 그렇게 대답하자, 세나는 벨을 지그시 쳐다보았다.

나도 그녀와 마찬가지로 벨을 쳐다보았다.

—이번에는 울리지 않았다.

"……왜 학생이라고 허세를 부린 거지?"

"허세를 부린 건……. 으윽……. 이제 됐어요……."

젠장, 나는 이 마도구가 정말 싫어—!

"일본이라는 지명은 들어본 적이 없다. ……하지만 그건 제쳐 두마. 그럼 네가 모험가가 된 동기를 들어볼까."

"마왕군 때문에 괴로워하고 있는 사람들을 구하기 위해, 마왕을—."

—딸랑.

"…………."

"……모험가가 왠지 멋져 보였고, 즐겁게 거금을 벌 수 있을 것 같았어요. 그리고 미소녀들에게 사랑받고 싶었어요."

"……조, 좋다. 그럼 다음 질문을 하겠다. 영주님에게 원한은 없었던 것이냐? 빚을 지게 된 후로 꽤나 불평불만을 늘어놓았다고 들었다만……."

"일단 듈라한을 토벌하고 거액의 상금을 받았지만, 마을 수리비를 낸 탓에 빚을 지게 된 거잖아요. 마을을 지키기 위해서라고 해도, 마을 자체를 파괴해버리는 건 옳지 않은 짓이라고 생각해요."

—**딸랑**.

"…………."

"그런 변명으로 분노한 동료들을 설득하긴 했지만, 솔직히 말해 마을을 구한 영웅에게 이러는 건 너무하잖아, 확 죽여 버리고 싶어, 라고 생각했어요."

"그, 그런가. 그럼, 다음……."

"……저기, 뭐 좀 물어봐도 될까요?"

나는 약간 질린 표정으로 질문을 계속하려 하는 세나의 말을 끊으며 말했다.

"그냥 솔직하게 질문해 주시겠어요? 너는 마왕군의 하수인이냐? 라든가, 영주에게 원한이 있어서 그런 지시를 한 것인가? 라고 말이에요. 몇 번이나 말했지만, 나는 랜덤 텔레포트를 지시했을 뿐, 영주를 노리지는 않았어요. 이런 일이 될 거라고는 생각도 못했죠. 그런 지시를 내린 건 마을을 구하기 위해서였으니까요. 그건 사실이라고요."

세나는 그 말을 들으면서 벨을 지그시 쳐다보았다.

—물론 벨은 울리지 않았다.

그 사실을 확인한 세나는 깊은 한숨을 내쉬었다.

"……아무래도, 제가 실수를 한 것 같군요. 당신에 관한 나쁜 소문만 접했기에……. 정말 죄송합니다……."

갑자기 태도를 바꾸면서 존댓말로 그렇게 말한 세나는 나를 향해 고개를 깊이 숙였다.

아마 지금까지의 엄격한 말투는 범죄자용이며, 이게 원래 말투이리라.

혐의에서 벗어난 나는 이참에 말했다.

"정말, 소문을 곧이곧대로 믿고 남을 의심해서야 검찰관으로서 실격일 것 같은데요!"

"으윽……. 죄, 죄송합니다. 할 말이 없습니다……."

세나는 연거푸 고개를 숙여댔다.

"내 실적을 알긴 하나요? 마왕군 간부 베르디아 토벌 때 가장 큰 공을 세웠고, 기동요새 디스트로이어와 싸울 때도 멋진 지휘로 난공불락의 기동요새를 파괴했다고요! 그런 나를 취조한다는 게 말이 되요?! 감사의 말을 건네는 게 정상 아닌가요?!"

나는 등받이가 삐걱거릴 정도로 몸을 뒤로 젖힌 후, 하룻밤 동안 감옥에 갇혔던 원한을 담아 세나를 몰아붙였다.

"죄죄, 죄송합니다. 저도 이게 일인지라……! 물론 사토 씨의 실적은 알고 있습니다. 하지만……."

"하지만? 하지만 뭐죠?! 그것보다 이 경찰서는 혐의가 풀린 사람한테 차 한 잔도 안주는 건가요?! 아, 돈가스 덮밥이라도 괜찮거든요?!"

"도, 돈가스 덮밥? 죄, 죄송하지만 그런 건……. 차라면 금방 내오겠습니다…….”

세나는 그렇게 말하면서 허둥지둥 취조실 밖으로 나가더니, 차를 끓여서 가지고 왔다.

나는 그걸 한 모금 마신 후……!

“미지근해! 여기 검찰관은 차 한 잔도 제대로 못타는 거냐! 그 얼음장 같은 태도를 보아하니, 애인도 없을 것 같네. 모처럼 이런 마도구도 있으니 한 번 물어볼까? 어때? 애인 없지?”

“없습니다.”

세나는 무표정한 얼굴로 나를 똑바로 쳐다보면서 딱 잘라 말했다.

“그래요. 없습니다. 이런 성격 때문에 이 나이 되도록 남자친구가 있었던 적이 없죠. 자, 이제 만족했습니까? 너무 기어오르지는 말아 주시죠.”

“잘못했습니다.”

울리지 않는 벨을 본 나는 겁이 나서 사과했다.

“그것보다, 나에 관한 나쁜 소문이 대체 뭐죠? 어제 다른 모험가들이 말했던 거 말인가요?”

“그, 그게……. 그 외에도, 나이 어린 여자 동료의 속옷을 남들이 보는 앞에서 벗겼다든가, 동거하고 있는 크루세이더에게 욕실에서 억지로 자신의 등을 씻기게 했다든가, 짐 덩어리인 프리스트를 던전에 버리고 가려고 했다 같은, 당신의 인간성을 의심할 만한 소문이라서—."

…………

내가 미동조차 하지 않자, 세나는 미심쩍은 눈길로 나를 쳐다보았다.

"……뜬소문, 맞죠?"

"뜬소문이에요."

—딸랑.

세나는 다시 냉혹한 느낌의 무표정을 지으며 말했다.

"……다른 파티의 일에 참견할 생각은 없습니다만, 당신이 항간에서 뭐라고 불리고 있는지 압니까? 카오물이나, 카레기라고—."

"너, 너무해! 대체 누가 그딴 별명을 지은 거야?!"

하지만 짐작 가는 사람이 너무 많아서 범인이 누구인지 짐작조차 할 수 없었다!

그런 나를 본 세나는 한숨을 내쉬더니…….

"하아. 혹시나 하는 마음에 한 번 더 묻겠습니다. 당신은 진짜로 마왕군의 관계자가 아닌 거죠? 마왕군의 간부와 교류가 있다든가……."

"그딴 거 없어요. 제가 그렇게 대단한 남자 같아—."

—딸랑.

보이나요, 라고 말하려던 순간—.

나는 엄청난 실수를 저질렀다는 사실을 깨달았다.

취조실에 울려 퍼지는 벨소리를 들으면서…….

나는, 마왕군의 간부인 위즈를 떠올렸다.

5

"어이, 밥이 너무 적잖아! 더 기름진 걸 달라고! 대체 누가 만든 거야?! 주방장 불러와~!"

엄청난 실수를 저지른 탓에 침울해하고 있는 내 옆에서, 양아치가 난리를 피우고 있었다.

무전취식으로 잡힌 남자가 공짜 밥에 불평을 쏟아내고 있는 것이다.

나도 이 남자처럼 신경이 굵어지는 게 좋을지도 모른다.

……저렇게까지 타락하고 싶지는 않지만 말이다.

"어이, 카즈마. 너무 침울해 하지 마. 나는 양 손가락으로 셀 수 없을 만큼 재판을 받아봤다고. 모험가 같은 거친 일을 하다보면 한두 번 정도는 경찰의 신세를 지게 되는 게 정상이야. 너나 나나 내일 재판을 받잖아. 그러니까 오늘은 맛난 걸 먹고 푹 자자고. 내가 맛난 걸 먹여주지. 여기 직원은 이렇게 난리를 피우면 귀찮아하면서 먹을 만한 것들을 가져다주거든."

더스트는 그렇게 말한 후, 또 경찰서 전체에 울려 퍼질 만큼 큰 목소리로 고함을 질러댔다.

그 후, 열 받은 직원들에게 곤죽이 되도록 두들겨 맞고 물리적으로 얌전해진 더스트의 옆에서, 나도 내일에 대비해 잠에 빠져들었다.

—그리고 한밤중. 나는 어제와 마찬가지로 가벼운 진동과 멀리서 들려온 폭발음 때문에 잠에서 깨어났다.

벌떡 일어나보니, 아니나 다를까 창밖에서 아쿠아의 목소리가 들려왔다.

"카즈마! 카즈마! 일어나!"

나는 그 목소리를 듣고 창문 아래쪽에 찰싹 들러붙으며 말했다.

"너, 또 온 거야? 어제는 어떻게 됐어. 다들 무사한 거야?"

"메구밍과 다크니스는 아무에게도 들키지 않고 돌아왔지만, 바로 범인으로 지목됐어. 이쪽 세계의 수사력을 얕봐서는 안 될 것 같아. 그래도 걱정하지 마. 오늘은 싫어하는 두 사람에게 억지로 복면을 쓰게 했으니까 이번에는 잡히지 않을 거야."

아무리 생각해도 범행현장에 있느냐 없느냐가 중요한 게 아니라, 이 마을에서 폭렬마법을 쓸 수 있는 인간이 한정되어 있는 게 문제인 것 같았다.

"그것보다, 어제는 왜 탈출하지 않은 거야? 머리에 눈이 쌓인 걸로 모자라 불심 검문도 몇 번이나 당했단 말이야."

"자물쇠가 열쇠식이 아니라 다이얼 방식이야. 그리고 자물쇠 따기 스킬이 없는 내가 바늘 같은 걸로 자물쇠를 딸 수 있을 리가 없잖아."

내가 그렇게 말하자, 아쿠아는 잠시 동안 아무 말도 하지 않았다.

"…………이 경찰서도 꽤 하네. 탈옥 대책을 이렇게 완벽하게 세워뒀을 줄은 꿈에도 생각 못했어."

"자물쇠가 다이얼 방식인 것뿐이잖아. 그것보다 어떻게 할 거야? 재판은 내일이니까, 오늘 밤 안에 어떻게든 해야 한다고."

내가 그렇게 말하자, 아쿠아는 흐흥 하고 자신만만한 웃음을 흘렸다.

이 녀석의 근거 없는 자신감은 대체 어디서 나오는 것일까.

"어제 작전은 너무 번거로웠지? 그래서 이번에는 실톱을 두 개 준비했어. 그 중 하나를 그쪽에 넣어줄게."

……실톱?

"……너, 설마 그걸로 창문의 쇠창살을 자른 후 탈출하라는 건 아니겠지?"

"용케도 알았네. 타임 리미트는 아침까지야. 시간이 없어. 자, 서두르자!"

아쿠아는 그렇게 말하더니, 격자 사이로 실톱을 던져 넣었다.

그렇다. 둘이서 하면 작업은 빨리 끝나리라.

하지만, 문제는—.

"……이쪽에서는 창문이 너무 높아서 실톱이 닿지 않아."

탈주 방지를 위해서인지, 점프를 해도 닿지 않을 만큼 높은 곳에 창문이 있었다.

"걱정하지 마. 그 점에 대한 대책도 다 생각해뒀다구. 발판을 준비해왔으니까, 그걸 이용해서 둘이 함께 자르자. 혼자서는 시간 안에 해낼 수 없겠지만, 둘이서 같이 하면 어떻게든 될 거야."

오호라.

"그런데, 그 발판은 어떻게 넣어줄 거야? 창살 틈으로 들어가겠어?"

내가 소박한 질문을 던지자, 아쿠아는 잠시 동안 아무 말도 하지 않았다.

"…………잠깐만 기다려봐."

아쿠아는 그렇게 말한 후, 어딘가로 갔다.

잠시 후—.

"아니에요. 이건 그러니까, 카즈마에게 필요한 거니까, 꼭 전달……."

"감옥에 있는 사람한테 이게 왜 필요하다는 거죠? 그것보다 왜 이런 시간에……."

먼 곳에서 아쿠아의 목소리가 들려왔다.

아무래도 나에게 발판을 전달해달라며 부탁하고 있는 것 같았다.

저 바보의 긍정적인 성격을 조금은 본받아야할지도 모른다.

누군가와 다투고 있는 아쿠아의 목소리를 듣자, 이상하게도 내일 재판에 대한 걱정이 사라졌다.

—나는 증거 인멸을 위해 실톱을 창밖으로 던져버린 후, 모포를 덮고 잠을 청했다.

6

이쪽 세계의 재판은 매우 간단했다. 검찰관이 모은 증거를 제시하고, 변호인은 반론을 한다.

그리고 재판관이 의심스럽다고 판단하면, 그대로 실형이 선고되는 것이다.

이쪽 세계에는 변호사라는 직업이 없으며, 피고인의 지인 혹은 친구가 변호를 맡게 되어 있었다.

건물 구조는 일본의 법정과 거의 차이가 없으며, 수갑을 찬 피고인은 변호인과 함께 홀 중앙에 선다. 그리고 피고인의 맞은편에 재판관, 검찰관, 고발인이 앉는다.

그리고 현재—.

"그렇게 긴장할 필요 없어요. 저희가 있으니 걱정하지 마세요."

긴장한 탓에 딱딱하게 굳어있는 나를 안심시키려는 것처럼 메구밍이 입을 열었다.

—그렇다.

내 옆에는 변호인, 즉 내 파티 멤버들이 나란히 서있었다.

어쩌다 이렇게 되어버린 것일까.

검찰석에 있는 세나는 차가운 눈길로 긴장한 나를 쳐다보고 있었다.

"괜찮아요. 저에게 맡겨 주세요. 홍마족은 지능이 매우 뛰어나거든요. 저 검찰관이 울상을 지을 정도로 완벽하게 논파(論破)해주겠어요."

오른편에서 믿음직한 소리를 하고 있는 이는 내 변호인인 메구밍이다.

"안심해라. 최악의 사태가 발생한다면 내가 어떻게든 해주마. 이번 건에 있어서는 너에게 아무 잘못도 없다."

내 왼편에 선 다크니스도 메구밍의 뒤를 이어 그렇게 말했다.

믿음직스러웠다. 정말, 믿음직스러웠다. ……하, 지만—.

"뭐, 나만 믿어! 성직자인 내 말에는 엄청난 설득력이 있어! 그러니 나에게 맡겨만 두라구!"

그렇다. 문제는 이 녀석이다. 나는 아쿠아를 다가오게 한 후, 귓속말로 말했다.

"잘 들어, 아쿠아. 부탁이니까 너는 입 좀 다물고 있어. 재판이 끝날 때까지 얌전히 있어주면 마블링 홍게를 사줄게."

"왜 바보 같은 소리를 하는 거야? 카즈마가 징역형이나 사형을 받아버리면 나한테 게를 사줄 수 없잖아. 걱정하지 마. 우리 중에서 변호사에 대해 가장 잘 아는 사람은 나야. 카즈마도 게임 좋아하지? 일본에서 인기 있었던 『백전재판』과 『만간론파』라는 게임 알아? 나, 그것들을 해본 적 있어."

"그렇구나. 그 말만으로 충분해. 제발 부탁이니까 입 좀 다물고 있어."

내가 애원하자, 아쿠아는 고개를 홱 돌려버렸다.

야, 인마아아아아아아앗!

—재판장으로 보이는 중년 남성이 나무망치로 책상을 두드렸다.

"조용! 지금부터 국가전복죄 혐의를 받고 있는 피고인, 사토 카즈마의 재판을 시작하겠소! 고발인은 알렉세이 반스 알다프!"

재판장이 이름을 말하자, 뚱뚱한 남자가 자리에서 일어났다.

몸집이 크고 털이 많은 그 중년 남성의 벗겨진 머리는 기름기 때문에 번들거리고 있었다.

저 남자가 고발인인 영주인 걸까.

영주인 알다프는 값을 매기는 듯한 눈길로 나를 노려본

후, 내 옆에 서있는 세 사람을 음란한 눈길로 쳐다보았다.

영주는 아쿠아와 메구밍을 핥듯이 쳐다본 후, 다크니스를 향해 시선을 돌렸고…….

그 순간, 깜짝 놀란 표정을 지으며 그 자리에서 딱딱하게 굳었다.

"저기, 저쪽에 있는 커다란 아저씨가 이쪽을 엄청 쳐다보고 있네. 눈길에서 엄청 엉큼한 느낌이 마구마구 드네. 눈알을 확 터뜨려버리고 싶네."

"부탁이니까 참아. 더는 문제를 일으키지 말란 말이야. ……그런데, 아까부터 다크니스를 계속 쳐다보고 있는 것 같지 않아?"

"보고 있네요. 엄청 쳐다보네요. 얇은 옷차림으로 저택 안을 돌아다니는 다크니스를 쳐다볼 때의 카즈마와 완전히 똑같은 눈길이에요."

"어, 어이, 헛소리 하지 마. 내내, 내가 언제 저런 눈으로 다크니스를 쳐다봤다는 거야……."

당황한 내가 변명을 하면서 다크니스를 쳐다보니, 그녀 또한 영주를 마주 보고 있었다.

"……다크니스, 왜 그래? 저 아저씨의 시선이 신경 쓰이는 거야?"

"……아, 그런 게 아니다. ……뭐, 나중에 설명하마."

다크니스가 좀 이상했지만, 신경 쓸 틈을 안 주려는 것처럼 재판장이 나무망치로 책상을 두드렸다.

"조용! 재판 중에는 잡담을 삼가시오. 그럼 검찰관은 앞으로 나오도록! 거짓말을 하면 이 마도구를 통해 바로 알 수 있으니, 그 점을 명심하며 발언하시오."

재판장은 그렇게 말하면서 또 나무망치를 휘둘렀다. 그와 동시에 세나가 자리에서 일어났다.

"그럼 공소장을 읽도록 하겠습니다. ……피고인 사토 카즈마는 마을을 습격한 기동요새 디스트로이어를 다른 모험가들과 함께 토벌했습니다. 그 과정에서 폭발 직전인 코로나타이트를 텔레포트로 전송시키라고 지시했고, 전송된 코로나타이트는 피해자의 저택으로 보내져 폭발했습니다. 피해자, 알다프 님의 저택은 소멸했으며, 현재 알다프 님은 이 마을에 있는 여관의 방을 빌려 생활하고 있습니다."

세나가 공소장을 읽는 동안, 피해자인 영주는 여전히 다크니스를 뚫어져라 쳐다보고 있었다.

"몬스터와 독극물, 폭발물 등을 텔레포트 시킬 때, 랜덤 텔레포트를 사용하는 것은 법으로 금지되어 있습니다. 피고인이 지시한 행위는 그 법에 저촉되며, 또한 영주의 생명을 위협하는 것은 국가를 뒤흔들 수도 있는 사건입니다. 그에 따라, 검찰 측은 피고인에게 국가전복죄의 적용을 요구합니다!"

"이의 있소!"

그 말은 세나가 공소장을 다 읽는 것과 동시에 터져 나왔다.

내 옆에 있던 아쿠아가 앞으로 나서더니, 한손을 들면서 그렇게 외친 것이다.

"지금은 변호인의 진술 시간이 아닙니다. 할 말이 있다면 허가를 받은 후 하세요. ……재판은 처음일 테니 이번만 눈감아 주겠습니다. ……변호인, 발언하세요."

재판장이 그렇게 말하자, 아쿠아는 만족스러운 표정을 지으면서 고개를 저었다.

"이의 있소, 라는 말이 하고 싶었던 것뿐이에요."

"변호인은 변호를 할 때만 입을 열도록!"

이 바보, 진짜로 끌어내고 싶네.

재판장에게 혼난 아쿠아는 진짜로 만족스러운 표정을 지으면서 얌전히 내 곁으로 돌아왔다.

기세가 꺾인 세나는 아직 차분함을 되찾지 못한 것 같았다.

"……으음, 검찰 측의 발언은 이것으로 끝입니다. 즉, 그러니까, 사토 카즈마 피고에게 국가전복죄의 적용을 요구합니다……."

세나가 그렇게 말한 후, 자리에 앉았다. 그 모습을 본 재판장이 입을 열었다.

"그럼 피고인과 변호인의 발언을 허가합니다. 진술을 하시오!"

"—뭐, 내 활약으로 마왕군의 간부인 베르디아를 쓰러뜨렸고, 디스트로이어도 토벌한 거예요. 이렇게 이 마을에 공헌한 내가 국가전복을 노린다는 것 자체가 말이 안 되잖아요. 오히려 더욱 칭송받아야 마땅하다고 생각한다고요!"

재판장이 발언을 허가하자, 나는 홀 중앙에서 열변을 토했다.

얼마나 멋지게 베르디아와 싸웠는가.

기동요새 디스트로이어와 싸울 때 얼마나 멋진 지휘를 했는가에 대해서 말이다.

재판장이 도중에 몇 번인가 거짓말을 간파하는 벨을 응시했지만, 신경 쓰지 않았다.

다소 오버가 섞이기는 했지만, 거짓말을 하진 않았기 때문이다.

"이, 이제 됐습니다. 피고인의 주장은 잘 알겠습니다. 그럼 검찰관. 피고인이 국가전복죄를 지었다는 증거를 제출하시오."

재판장은 질린 표정으로 세나에게 증거 제출을 요구했다. 그러자 세나는 옆에 있던 한 기사에게 눈짓을 보냈다.

그러자 기사는 재판소의 대기실로 향했고, 그 동안 세나는 종이 한 장을 꺼내어 읽기 시작했다.

"그럼 이제부터 증거를 제출하여, 피고인이 국가전복을 노리는 테러리스트 혹은 마왕군의 관계자라는 사실을 증명하겠습니다. 자, 증인을 이쪽으로 데려오세요!"

세나가 그렇게 말하자, 기사가 증인들을 데려왔다. 그들 대부분은 모험가였다.

—구체적으로 말하자면…….

"아하하……. 어쩌다 보니 불려왔어……."

나를 보더니 난처한 표정으로 볼에 난 칼자국을 긁적이고 있는 크리스였다.

도적인 크리스를 비롯해, 내가 잘 아는 이들이 증인으로서 이 자리에 불려온 것이다.

7

상황은 매우 골치 아프게 돌아가고 있었다.

"그럼 크리스 씨는 남들이 보는 앞에서 피고인이 사용한 스틸에 의해 속옷이 벗겨지고 만 거군요. 틀림없는 사실인거죠?"

"으음, 뭐, 사실이기는 하지만! 그건 사고였다고나 할까……!"

"사실이라는 것을 확인한 것만으로 충분합니다. 감사합니다."

"뭐?! 아니, 잠깐만 있어봐! 나는 이제 그 일을 신경 쓰지 않는데……!"

세나는 질문을 끝내더니, 크리스를 법정에서 쫓아냈다.

다른 증인들도 하나같이 골치 아픈 녀석들이었다…….

나와 마찬가지로 일본에서 온 소드마스터 미츠루기가 들러리 두 명과 함께 증인으로 와있었다.

"미츠루기 씨. 피고인은 당신의 마검을 빼앗아서 팔아치웠죠? 그리고 동료 두 분은 미츠루기 씨의 마검을 되찾으려 하다, 피고인에게 사람들 앞에서 속옷을 벗겨버리겠다는 협박을 받았죠?"

"뭐, 뭐어, 그렇습니다. 하지만 그때는 제가 승부를 신청……."

"맞아요! 협박당했다고요! 『진정한 남녀평등주의자인 나는 여자애에게도 드롭킥을 날릴 만큼 평등한 남자야』라고 했어요!"

"그래요! 『이런 길 한복판에서 여자애들에게 내 스틸을 작렬시켜볼까』라고도 했다고요!"

예전에 나에게 협박을 당했던 들러리 두 사람은 미츠루기의 말을 끊으면서 그렇게 떠들어댔다.

들러리 두 명은 나를 향한 원한이 꽤나 깊은지, 나와 시선이 마주치자 혀를 쑥 내밀었다.

으으……. 재판장을 포함해서, 이 자리에 있는 사람들의 시선이 너무 날카로워…….

미츠루기 일행이 법정에서 나간 후, 증인으로 선 사람은 더스트였다.

녀석한테 나쁜 짓을 한 기억은 없는데 말이야.

파티를 트레이드하자는 이야기도 더스트가 먼저 꺼냈었잖아.

더스트가 나를 향해 가볍게 인사를 건네는 사이, 세나는 입을 열었다.

"이 남자는 다음 재판의 피고인입니다. 재판장님도 잘 알고 계시겠지만, 하루가 멀다 하고 문제를 일으켜 재판을 받고 있는 양아치죠."

"어이, 한창 재판을 기다리고 있는 나를 불러내서 그딴 소리나 지껄여 대는 거냐! 그 커다란 가슴을 마구마구 주물러 줄까?! 엉?!"

세나가 그렇게 말하자, 성미가 급한 더스트는 바로 분노를 터뜨렸다.

재판장이 더스트의 시궁창 같은 발언을 듣고 표정을 찡그리는 가운데, 세나는 나를 손가락으로 가리키며 말했다.

"더스트 씨. 당신은 저기 있는 사토 카즈마와 사이가 좋다고 들었습니다. 사실입니까?"

"당연하지. 친구 중의 친구, 절친이라고. 같이 술도 마신 사이란 말이야."

세나는 그 말을 들은 후, 나를 향해 돌아섰다.

"사토 카즈마 씨. 당신은 이 행실 나쁜 양아치와 절친 사이죠?"

"지인일 뿐이에요."

"어이, 카즈마! 너무하잖아!"

더스트가 고함을 질렀지만, 재판장과 세나가 지켜보고 있는 벨은 울리지 않았다.

"그, 그렇군요. 그럼 실례했습니다. 당신의 친구들은 하나같이 행실이 나쁜 인간이라는 주장을 하고 싶었습니다만……."

"괜찮아요. 알고 지내는 사이라는 건 사실이니까요."

"카즈마~! 우리 사이의 우정은 그것밖에 안 되는 거냐~!"

기사가 시끄럽게 떠들어대는 양아치를 법정 밖으로 끌고 나가는 사이, 세나는 재판장을 향해 돌아섰다.

"마지막 한 명은 증인으로서의 효력이 없었습니다만, 다른 증인들은 피고인의 인간성에 대해 충분히 증언해줬다고 생각합니다. 그리고 피고인은 피해자에게 원한을 품고 있었습니다. 이런 점에서 볼 때, 피고인은 사고를 가장해서 랜덤 텔레포트가 아니라 일반적인 텔레포트로 피해자의 집에 코로나타이트를 보낸 것이 아닐까 하고—."

세나가 트집이나 다름없는 소리를 해댔다.

"그런 건 증거라 할 수 없어요. 카즈마의 성격이 배배 꼬였다는 건 인정하지만, 그렇다고 해도 이런 트집을 잡는 건 말이 안 된다고요. 좀 더 제대로 된 근거를 들어 주세요! 그리고 뭔가 이상하다고요! 완전히 억지로 끼워 맞추고 있잖아요! 당신들은 위화감이 느껴지지 않는 건가요?!"

"변호인은 발언을 자제하세요! 발언을 하고 싶으면 허가를 받은 후 하십시오!"

"근거? 좋죠. 그럼 확실한 근거를 대 볼까요! 저 남자가 이 마을의 붕괴를 노리는 테러리스트 혹은 마왕군의 하수인일지도 모른다는 사실을 증명하는 근거를 말이죠!"

세나는 격앙된 메구밍에게 어떤 종이를 읽어줬다.

"첫 번째! 모험가 사토 카즈마가 이끄는 일행은 마왕군의 간부, 베르디아 전(戰)에서! 결과적으로 간부를 쓰러뜨리기는 했으나, 대량의 물을 소환해 마을에 막대한 홍수 피해를 입혔고—."

아쿠아가 온몸을 부르르 떨었다.

"두 번째! 공동묘지에 거대한 결계를 쳐서 무덤의 악령들이 있을 장소를 없애, 이 마을에 악령 소동을 일으켰으며—."

나는 귀를 막은 채 뒤돌아선 아쿠아의 양손을 잡은 후, 귀에서 손을 억지로 떼어내서 저 진술을 똑똑히 들려줬다.

"매일같이 마을 근처에서 폭렬마법을 날려 마을 주위의 지형과 생태계를 해친 것으로도 모자라, 최근 며칠 동안은 한밤중에 마을 코앞에서 마법을 날려 주민들의 수면을 방해했고—."

아쿠아의 뒤를 이어 메구밍도 귀를 막으며 뒤돌아섰다.

이 변호인들 완전 쓸모가 없잖아!

"잠깐만, 이상하잖아! 완전 이상하다고! 방금 말한 건 나와는 상관없는 일들이야! 아니, 내 파티 동료들이 저지른 일이기는 하지만 말이야! 그래도 나와 직접적으로 연관된 근거를 대라고!"

내 고함에 대답하듯, 세나는 말했다.

"그리고 피고인은 언데드만이 사용할 수 있는 스킬인 드레인 터치를 썼다는 목격 정보가 있습니다. 당신이 마왕군의 관계자가 아니라면, 어째서 드레인 터치를 쓸 수 있는지 설명을— 귀를 막는다고 없었던 일이 되지는 않습니다!"

아쿠아, 메구밍과 마찬가지로 귀를 막은 나를, 세나가 손가락으로 가리켰다.

묵비권! 묵비권을 행사해야 해!

"그리고 가장 큰 근거는……. 어제 취조 때, 저는 당신에게 마왕군의 인물과 교류가 있는지 물었습니다. 그리고 당신이 교류가 없다고 말한 순간, 마도구가 거짓말을 감지했죠. 이것이야말로 명백한 증거 아닐까요?!"

큰일 났다, 큰일 났다, 큰일 났다—!

내가 궁지에 몰려 말문이 막힌 바로 그 순간이었다.

"—그렇지 않아."

자신만만한 목소리로 그렇게 말한 사람은 뜻밖에도 아쿠아였다.

설마 이 녀석이 이런 상황에서 비장의 카드 같은 존재가 될 줄이야……!

"아쿠아, 말해줘! 내가 무죄라는 걸 증명하는, 너의 결정적 근거를 말이야!"

"뭐? 그런 게 있을 리가 없잖아. 이 대사도 그냥 말해보고 싶었던 것뿐이야."

"저 변호인을 퇴정시키도록!"

"죄송합니다! 이딴 녀석을 변호인으로 삼아서 정말 죄송합니다!"

"아야야야야야! 아파, 아파, 아프다구!"

나는 아쿠아의 관자놀이를 잡아당기면서 죽어라 사과했다.

젠장, 이 망할 바보야아아아아아아!

바로 그때, 더는 우리의 바보짓에 어울려주지 못하겠다는 듯이…….

"이제 됐겠지! 저 녀석은 마왕군의 관계자가 틀림없다! 하수인이다! 내 저택에 폭발물을 보냈단 말이다! 죽여라! 사형을 선고해!"

지금까지 침묵을 지키고 있던 피해자, 영주인 알다프가 갑자기 벌떡 일어나더니 말문이 막힌 나를 손가락으로 가리키며 고함을 질러댔다.

잘했어, 아저씨! 이건 찬스야!

"아냐! 나는 마왕군의 관계자가 아니라고! 테러리스트도 아냐! 빚쟁이가 된 것 때문에 열 받기도 했고 당신을 원망하기도 했지만, 그래도 코로나타이트를 고의로 보내지는 않았어! 그리고 마도구를 잘 보라고! 그럼 말한다?! 나는 마왕군의 앞잡이가 아냐!"

내가 그렇게 말한 순간, 벨은 울리지 않았다. 그 모습을 본 영주는 말문이 막혔다.

세나도 그 모습을 보더니, 미간을 찌푸리며 입술을 깨물었다.

마도구를 이용한 취조 결과를 증거로 삼는다면, 이렇게 내 말에 마도구가 반응하지 않은 것 또한 증거가 된다.

아이러니하게도 피해자인 영주의 발언이 나를 도운 것이다.

재판장은 천천히 고개를 저으며 말했다.

"보다시피 마도구를 통한 거짓 판별은 명확하지 않습니다. 이래서야 마도구의 반응을 증거로 삼은 검찰관의 주장을 인정할 수는 없겠군요. 근거가 너무 약합니다. 그런고로……. 피고인, 사토 카즈마. 당신은 혐의 불충분으로—."

판결이 내려지려던 바로 그 순간이었다.

"다시 한 번 말하겠다. 이 녀석은 마왕군의 관계자이자 마왕군의 앞잡이다. 자, 저 남자를 사형에 처해라."

자리에서 일어난 영주는 또 그딴 소리를 했다.

그러자 이번에는 세나가 영주를 향해 말했다.

"저기, 사상자가 발생하지는 않았으니 사형을 구형하는 건……."

그러자 영주는 세나를 지그시 쳐다보았다.

"…………아뇨, 영주님의 말씀이 옳습니다. 사형이 타당하다고 생각되는……군요?"

—어?

"어이, 잠깐만! 이상하잖아! 이상하다고!"

"그래요. 방금 그게 무슨 소리죠? 검찰관이라는 사람이 자기가 한 말을 번복해도 되는 건가요?!"

나와 메구밍이 그렇게 말하자, 세나는 자기 입으로 한 말이 믿기지 않는다는 것처럼 당혹스러운 표정을 지으면서 고개를 갸웃거렸다.

바로 그때였다. 아쿠아가 갑자기 재판장, 세나, 그리고 영주 쪽을 손가락으로 가리키며 말했다.

"방금 사악한 힘을 감지했어! 아무래도 이 안에는 사악한 힘을 사용해서 진실을 비틀려고 하는 자가 있는 것 같아!"

아쿠아가 뜬금없이 그렇게 말하자, 법정 안에 정적이 감돌았다.

하지만 아까 했던 바보 같은 발언 탓에, 다들 미심쩍은 눈길로 아쿠아를 쳐다보고 있었다.

결국 모두 마도구를 주목했고, 벨이 울리지 않자 법정 안의 분위기가 변했다.

아크 프리스트인 아쿠아가 한 말이기에 신빙성이 있다고 판단한 것인지, 재판장의 안색이 변했다.

"사악한 힘……. 신성한 재판에서 부정을 저지르는 자가 있다는 겁니까?"

"그래. 내 눈은 저 마도구보다 훨씬 정확하거든! 그것도 그럴게, 나는 이쪽 세계에서 천만 명의 신자를 지닌 물의 여신, 아쿠아니까!"

—딸랑.

아쿠아가 그렇게 선언한 순간, 정적이 감돌던 법정 안에 맑은 벨소리가 울려 퍼졌다.

"왜 울린 거야~! 잠깐만! 거짓말이 아니란 말이야~!"

"피고인. 제대로 된 인물을 변호인으로 선정하시오."

"죄송합니다. 엄청 반성하고 있어요."

왜 믿어주지 않는 거냐고 아우성치고 있는 아쿠아를 메구밍이 달래는 가운데, 영주가 입술을 깨물면서 새파랗게 질린 얼굴로 아쿠아를 지그시 쳐다보고 있었다.

"그래. 내가 너무 허세를 부렸어. 마도구가 내 말을 거짓이라고 판단한 건 신자 숫자 때문이야! 천만 명의 신자는 좀 심했어. 980만 명 정도라고 말했으면 괜찮았을까?"

뒤쪽에서 구시렁대고 있는 아쿠아에게 네 신자는 천 명도 안 될 거라고 말해주고 싶었지만, 지금은 그럴 때가 아니었다. 곧 판결이 내려지기 때문이다.

재판장은 가볍게 헛기침을 한 후…….

"피고인, 사토 카즈마. 피고인이 거듭 저질러온 비인도적인 문제 행동 및 마을의 치안을 현저하게 어지럽히는 반사회적 행위를 고려해볼 때……."

아까 나에게 말하려던 판결문과는 전혀 다른 소리를 입에 담았다.

"검찰관의 주장이 타당하다고 판단한다. 고로, 유죄인 피고인에게—."

어라.

"—사형을 선고한다."

8

"이상하잖아아아아아아앗! 잠깐만, 잠깐만 있어봐! 완전 말도 안 되는 재판이잖아! 결정적인 증거를 가지고 와봐! 이딴 증거 가지고 사람에게 사형을 내린다는 거야?! 미친 거 아냐?!"

"피고인! 피고인은 발언을 삼가도록!"

"카즈마의 말이 맞아! 진짜로 이상해. 카즈마가 홍수 피해의 복구 명목으로 떠안게 된 빚 때문에 하루가 멀다 하고 영주를 원망한 건 맞아. 그래서 이 녀석이라면 언젠가 사고를 치겠다고 생각했지만, 그래도 코로나타이트를 보낼 배짱은 없단 말이야!"

너는 나를 변호하고 싶은 거냐, 아니면 방해하고 싶은 거냐!

내가 어떻게든 아쿠아의 입을 막으려고 할 때, 메구밍이 안대를 풀면서 말했다.

"좋아요. 그렇게 카즈마를 테러리스트로 취급하고 싶다면, 제가 진정한 테러리스트가 뭔지…… 앗, 뭐하는 거예요! 놔요!"

붉은 눈동자를 반짝이기 시작한 메구밍을 경비병들이 허둥지둥 제압했다.

"저기~! 역시 이상해! 이상하다구! 재판소 안에 흐르는 사악한 공기가 내 맑디맑은 눈동자에는 확실하게 보인단 말이야! 기다려! 내가 지금 이 공기를 정화해서…… 앗! 이상한 마법을 쓰는 게 아니니까 방해하지 마!"

"재판소 안에서는 그 어떤 마법의 사용도 금지되어 있습니다! 거짓말을 간파하는 도구에 간섭할 수도 있으니까요!"

"에잇, 저 두 사람을 다른 방으로 끌고 가!"

세나도 자리에서 일어나더니 메구밍과 아쿠아를 연행하라

는 지시를 내렸다.

"조용! 조용! ……조용히 하라는 말이 안 들리는 거냐!"

재판장도 결국 뚜껑이 열렸는지 화를 내면서 나무망치를 던졌다.

경비병이 메구밍과 아쿠아를 법정에서 끌고나간 바로 그 순간이었다.

"—재판장. 이걸 봐라."

지금까지 아무 말도 하지 않고 있던 다크니스가 품속에서 뭔가를 꺼냈다.

그것은 문양 같은 것이 새겨진, 값비싸 보이는 재질의 펜던트였다.

나는 그것을 알아보지 못했지만, 법정 안에 있는 사람들은 잘 아는 물건인 것 같았다.

"그, 그건……! 다, 당신은……."

너무 놀란 나머지 자리에서 벌떡 일어난 재판장은 눈을 치켜뜨면서 그 펜던트를 쳐다보았다.

다크니스는 모든 이들의 주목을 받으면서 조용히 말했다.

"미안하지만 내 체면을 세워주지 않겠나. 그를 무죄방면 해달라는 것은 아니다. 시간을 주면 이 남자가 마왕군의 앞잡이가 아니라는 것을 증명하겠다. 그리고 당신의 저택도 변상하게 하지.”

세나와 재판장은 다크니스가 보여주는 문양에서 눈을 떼지 못한 채 그대로 딱딱하게 굳어 있었다.

하지만 영주는 약간 주눅이 든 상태에서도 항의를 계속했다.

“하, 하지만……! 아무리, 당신의 부탁이더라도……!”

“알다프. 피해자인 너한테 빚을 지는 게 되겠구나. 그러니 내가 너의 부탁을 하나 들어주는 건 어떻겠느냐. 내가 할 수 있는 거라면 뭐든 들어주겠다. 그리고 소송을 취하해달라는 건 아니다. 그저 시간을 조금 줬으면 하는 것뿐이다.”

다크니스가 그렇게 말하자, 자리에서 일어나 있던 영주가 마른 침을 삼켰다.

“뭐든……! 뭐뭐, 뭐든……!”

“그래. 뭐든 들어주지.”

영주는 그 말을 듣더니 눈을 반짝이면서 다크니스의 몸을 핥듯이 쳐다보았다.

그리고 다시 자리에 앉더니…….

“좋습니다. 다른 누구도 아닌 당신의 부탁이니, 저 남자에게 유예를 주도록 하죠.”

—재판소에서 해방된 나는 내 뒤를 따라오고 있는 다크니스에게 물었다.

“대체 뭘 어떻게 한 거야? 그것보다 너, 그 알다프라는 아저씨와 아는 사이였어?"

"……뭐, 그렇다. 내가 어릴 때부터, 광적으로 나에게 집착했었지. 아내를 잃고 나서는 몇 번이나 나에게 프러포즈를 했었다. 내 아버지가 나이 차이를 이유로 매번 거절했지만 말이야."

우와, 무시무시해. 어린애한테 광적으로 집착했다는 거야?

"너, 너, 그런 상대에게 어떤 부탁이든 들어주겠다고 말해도 괜찮은 거야?! 그 아저씨가 너를 쳐다보는 눈길은 정말 장난이 아니었다고. 혹시 엄청난 요구를 하는 거 아냐?"

"…………. 어, 엄청난 요구……."

"야……. 내 걱정을 돌려줘……."

볼을 붉히며 하악하악 거리는 변태를 보고 질려버린 나는 그렇게 말했다. 그 후, 다크니스와 함께 경비병에게 끌려간 아쿠아와 메구밍을 데리러 갔다.

9

—다크니스의 교섭 결과, 나에게는 두 개의 과제가 주어졌다.

하나는 내가 마왕군의 하수인이 아니라는 사실을 증명할 것.

그리고 두 번째 과제는 영주의 저택을 변상하는 것이다.

나는 돈을 마련하기 위해, 아쿠아를 데리고 위즈의 가게로 향했다.

실은 나 혼자 가고 싶었지만, 아쿠아가 한사코 따라오려고 한 것이다.

"카즈마가 무슨 생각을 하는 건지 알겠어! 바로 그 언데드 때문에 이딴 일이 벌어진 거잖아. 빚도 충당할 겸 그 애의 가게를 빼앗으려는 거구나!"

내 생각을 눈곱만큼도 알지 못하는 아쿠아는 가게 문 앞에서 씩씩거리고 있었다.

"자! 튀어나와, 언데드! 이 몸께서 네 숨통을 끊어주러 왔다구!"

아쿠아는 바보 같은 소리를 하면서 위즈의 가게 문을 걷어차 열었다.

"뭐, 뭐야?! 강도?! 조직폭력배?! ……히익! 아, 아쿠아님!!"

아무래도 아쿠아는 위즈에게 있어서 강도나 조직폭력배보다 더 두려운 존재 같았다.

가게 안으로 들어선 나는, 아쿠아가 갑작스레 쳐들어온 탓에 겁을 먹은 위즈에게 재판 결과를 보고했다.

"그런가요……. 아무튼 무사해서 다행이에요! 그리고 정말 죄송해요, 카즈마 씨. 이 모든 일은 제가 텔레포트로 돌을 전송시킨 바람에 벌어진 거잖아요……."

"맞아 맞아. 너, 잘 알고 있으으윽……!"

"신경 쓰지 마. 그때 위즈가 없었다면 우리 모두 죽었을 거야. 영주의 저택은 박살이 나버렸지만 다친 사람은 없다고 하잖아. 그리고 내가 마왕군의 앞잡이가 아니라는 것만 세나에게 증명하면, 내 혐의는 풀릴 거야. 뭐, 영주의 저택을 다시 지을 돈을 마련해야 한다는 문제가 남아있지만 말이야."

내가 바보 같은 소리를 하는 아쿠아의 입을 막으면서 그렇게 말하자, 위즈는 내 말을 듣고 안심했는지 한숨을 내쉬었다.

"그런가요. 일단 시간은 벌었군요. 하지만 돈이라……. 저도 도와드리고 싶지만, 가게가 적자 경영 중이라 돈이 없어요……. 마왕군에 소속되어 있던 시절의 친구 중에 돈을 엄청 잘 버는 이가 있지만, 워낙 변덕이 심하고 무슨 생각을 하는지 알 수 없는 분이라……. 제가 도울 수 있는 일이 있다면 좋겠지만……."

위즈는 가라앉은 표정으로 그렇게 말한 후, 카운터에서 고민에 잠겼다.

"아, 실은 위즈에게 부탁할 일이 있어서 찾아왔어."

"그래. 그 부탁이라는 건 바로 지금 이 자리에서 성불하라는 거야!"

나는 영문 모를 소리를 하는 아쿠아를 무시하고 위즈와 상의하기 시작했다.

솔직히 말해 빚만 짊어진 가난뱅이인 내가, 영주의 저택을 다시 짓기 위한 돈을 간단하게 마련할 수는 없었다.

그렇다면 이전부터 생각해왔던 계획을 실행해야만 할까…….

지구보다도 문명 수준이 떨어지는 이쪽 세계에서, 틴더 마법을 쓸 수 없는 이들은 아직도 부싯돌로 불을 피웠다.

여기에서 라이터를 만들어서 팔면, 분명 큰돈을 벌 수 있으리라.

그리고 그런 물건을 만들어낼 수 있는 스킬 또한 짐작이 되었다.

하지만 내가 대충 만든 물건을 웬만한 가게에서 진열해놓고 팔아줄 리가 없었다.

그래서 위즈의 가게 한쪽의 빈 공간에 내가 만든 상품을 진열하자는 생각을 했다.

—나는 위즈에게 내 생각을 설명했다.

어떤 편리한 도구를 만들 테니, 괜찮다면 그걸 가게에 진열해 달라.

물건이 팔린다면 물론 위즈에게도 이익 중 일부를 주겠다.

진열해줄지 말지는 물건을 보고 결정해도 된다, 고 말이다.

"모험가 일만 해서는 돈 벌기 힘들다는 건 알고 있어. 그렇다면 장사라도 해서 버는 수밖에 없는데……. 갑자기 이런 부탁을 할 만한 사람은 위즈밖에 없더라고."

"즉, 카즈마가 하고 싶은 말은 이거야. 이제부터 이 가게는 우리가 경영할 테니 권리서를 아야야얏!!"

단검 손잡이로 계속 헛소리를 해대는 아쿠아의 뒤통수를 때렸다. 그녀의 입을 다물게 만든 후, 나는 위즈를 향해 고개 숙여 부탁했다.

뒤통수를 움켜잡은 채 바닥을 굴러다니고 있는 아쿠아를 겁먹은 눈길로 쳐다보면서도, 위즈는 상냥한 미소를 지었다.

"그런 부탁이라면 얼마든지 들어드릴게요. 오히려 상품이 늘어나는 건 제가 바라는 바니까요. 저희 가게는 그렇게 장사가 잘 되는 편이 아니거든요……. 게다가 카즈마 씨가 영주님의 저택을 변상하게 된 것도 저와 무관한 일은 아니잖아요……. 어떤 물건을 팔려는 건지는 모르겠지만 기대할게요, 카즈마 씨."

위즈가 빙긋 웃으면서 바로 승낙하자, 나는 무심코 미소를 지었다.

가게 바닥을 굴러다니는 녀석만 없었다면 좀 더 좋은 분위기가 되었으리라.

……바로 그때, 위즈의 표정이 약간 흐려졌다.

그녀는 나에게 뭔가를 말해야 할지 말지 고민하는 얼굴이 되었다.

"……응? 왜 그래? 할 말이 있으면 말해 봐. 딱히 강요하는 건 아니니까, 뭔가 생각하는 바가 있다면……."

내가 그렇게 말하자, 위즈는 허둥지둥 양손을 내저었다.

“그, 그런 게 아니에요! 저기, 카즈마 씨가 만든 물건을 진열하는 건 저에게 있어서도 득이 되는 일이에요! 문제는 그게 아니라, 저기……. 아쿠아 님 말인데…….”

위즈는 갑자기 난처한 표정을 지으면서 말끝을 흐렸다.

“……응? 이 녀석이 왜? 아, 이 가게에 내 상품을 두게 되면 아쿠아가 자주 얼굴을 내밀 테니 곤란하다든가? 이 녀석이 무서우면, 가능하면 여기에는 못 오게 할게.”

요 모양 요 꼴이기는 해도 아쿠아는 일단 여신이다.

언데드인 위즈는 신이 자기 주변을 어슬렁거리게 될까봐 불안한 걸지도 모른다.

“……아, 아니, 그게 아니라……. 아쿠아 님이 오시는 건 괜찮아요. 하지만 아쿠아 님은 여기에 올 때마다 손님들에게, 여기 물건은 저 여자 점주가 남들에게 말할 수 없는 제조법으로 만든 거니 사지 않는 편이 좋다고 말하는지라…….”

“어이, 이게 무슨 소리야?”

내가 가라앉은 목소리로 묻자, 바닥에 뻗어있는 아쿠아는 머리를 감싸 쥔 채 움찔했다.

“아, 괘, 괜찮아요! 이상하게도, 그 후로 저희 가게의 성수가 남자 모험가 분들에게 엄청 팔려나가고 있거든요. 그러니 딱히…….”

……잘 팔린다니 다행이네요, 라고 말해야 할까.

그 이전에 리치가 성수 같은 걸 팔아도 괜찮은 걸까.

아니, 그 이전에 이 마을의 모험가는 여러 가지 의미로 괜찮은 걸까.

"그것보다, 저기……. 아쿠아 님이 저희 가게의 상품을 만져보다가 주술용 약이나 사령술(死靈術)에 사용하는 비약 같은 걸 전부 정화하시는 바람에, 많은 상품이 못 쓰게……."

"이 망할 여신아! 대체 무슨 짓을 한 거야?!"

이 바보는 나 몰래 위즈를 괴롭히러 이 가게를 자주 찾았던 것 같았다.

나는 아쿠아를 일으킨 후, 위즈를 향해 억지로 고개 숙이게 했다.

"위즈, 미안해! 못 쓰게 된 상품은 내가 이 녀석의 돈을 강탈해서 반드시 변상할게! 이, 인마! 저항하지 말고, 너도 빨리 사과하란 말이야!"

"기다려, 카즈마! 싫어! 왜 여신이 리치에게 머리를 숙여야 하는 건데! 그리고 내 몸에 닿은 물이 정화되는 건, 나에게서 뿜어져 나오는 성스러운 기운 때문이니까 어쩔 수 없잖아! 식물이 햇빛을 받아서 광합성을 하듯 물이 멋대로 정화되는 거란 말이야! 이것만은 나도 어쩔 수가 없다구!"

아니, 그것보다 남의 가게 상품을 멋대로 만지지 말라고…….

목에 힘을 주며 저항하는 아쿠아를 대신해, 내가 깊이 고개를 숙였다.

요즘 들어 이 녀석 탓에 많은 사람들에게 사과만 죽어라 하고 있는 느낌이 들었다.

"고, 고개를 드세요! 지나간 일이니 괜찮아요! 그저 앞으로는 상품을 정화하지 않았으면 하는 것뿐이랍니다……! 그리고 저도 아쿠아 님에게 많은 폐를 끼쳤잖아요! 저를 대신해 묘지를 방황하는 영혼들을 하늘로 인도해주시는 데다, 저택도 정화해주셨죠……!"

위즈는 그렇게 말하면서 허둥지둥 고개를 숙였다.

위즈가 진심어린 목소리로 그렇게 말하자, 최근까지 묘지의 정화를 대충해서 저택에 악령 소동을 일으켰던 장본인은 거북한 표정을 지으며 고개를 돌렸다.

……너는 그냥 위즈와 직업을 바꿔라.

제2장 이 홍마족 아가씨에게 친구를!

1

“저기, 카즈마. 다크니스는~? 다크니스는 아직 안 돌아온 거야?”

거실 난로 앞에 놓인 소파를 자신의 특등석으로 정한 아쿠아는, 그 소파 위에서 무릎을 꼭 끌어안은 채 심심한 듯한 목소리로 말했다.

—재판이 끝나고 며칠 후, 다크니스는 일전의 약속을 지키기 위해 영주에게 불려갔지만…….

어제 저녁 즈음에 나간 그녀는 아직도 돌아오지 않았다.

다크니스를 쳐다보던 영주의 음흉한 눈빛을 떠올리자, 왠지 가슴 언저리에 응어리가 생기는 느낌이 들었다.

그도 그럴 것이, 다크니스는 자신의 본능과 욕구를 위해 마왕군 간부조차도 따라가려 했던 녀석이다.

이 시추에이션은 다크니스 본인에게 있어 바라마지 않던 것이 아닐까.

나는 딱히 다크니스를 상대로 연애 감정을 느끼는 것도

아니고, 그 녀석이 누구와 무슨 짓을 하던 불평불만을 늘어놓을 처지도 아니다.

하지만 약속을 지키러 갔다가 이렇게 하룻밤이 지났는데도 돌아오지 않는다는 것은 즉, 그 영주가 지내는 여관방에서 묵었다는 걸 뜻하며, 지금쯤이면…….

"……아아아아아아아아아아아아아~!"

"꺄아~, 뭐야?! 왜 갑자기 머리를 부여잡으며 고함을 지르는 건데?! 카즈마가 이상한 건 하루 이틀 일이 아니지만, 오늘은 평소보다 더 이상하잖아!"

느닷없이 고함을 지른 나 때문에 아쿠아가 겁을 집어먹었을 때…….

—뭔가를 안고 있는 메구밍이 거실에 들어왔다.

시끌벅적하게 떠들어대는 우리에게 아무 말도 하지 않은 채, 메구밍은 그걸 계속 안고 있었다.

—실은 예전부터 신경이 쓰였다.

"나~오."

……메구밍이 안고 있는 것은 바로 고양이라는 생물이었다.

고양이를 안고 있는 메구밍은 아무 말 없이 나를 쳐다보고 있었다.

"……이 녀석을 저택에서 기르고 싶은 거야?"

"……예. 얌전한 애니까 폐를 끼치지는 않을 거라고 생각해요. ……안 될까요?"

평소 어디에 숨어있는지는 모르겠지만, 이 검은 고양이가 메구밍의 곁에 있는 모습은 자주 보였다.

눈을 가늘게 뜬 그 녀석은 메구밍에게 안긴 채 몸을 축 늘어뜨리고 있었다.

"뭐, 괜찮지 않겠어? 이 저택에 사는 녀석 중에 고양이 알레르기가 있는 녀석은 없잖아. ……오오. 이 녀석, 사람을 잘 따르네."

메구밍에게 안긴 고양이를 향해 손을 뻗자, 그 고양이는 앞발을 내 손가락 위에 얹으며 재롱을 부렸다.

……이쪽 세계는 정말 살기 힘든 곳이다.

그리고 문제아밖에 없는 이 파티에 소속되어 있으면 스트레스도 쌓인다.

그러니 이런 치유계 캐릭터 느낌의 애완동물을 곁에 두는 것도 괜찮으리라.

"아얏! 이 애, 왜 나한테만 손톱을 세우는 거야?! 그리고 이유는 모르겠지만, 저 애의 칠흑빛 털과 뻔뻔한 태도에서……. 사악한 아우라가 느껴져!"

고양이에게 장난을 치려다 손톱에 긁힌 아쿠아는 화를 냈다.

분노한 푸른 머리 짐승으로부터 보호하기 위해, 나는 메구밍에게서 그 검은 고양이를 넘겨받았다.

그리고 나는 검은 고양이를 감싸듯 아쿠아에게 등을 보이며 일어선 후, 고양이를 융단 위에 내려놓았다.

……그러고 보니 아침 식사 때 먹고 남은 생선이 있었지.

"저기, 메구밍. 이 사악한 마수의 이름은 뭐야?"

"촘스케예요."

나는 생선이 놓인 접시를 들고…….

"…………방금, 이 고양이의 이름이 뭐라고 했어?"

"촘스케예요."

……손바닥 위에 생선을 올려놓은 나는 검은 고양이, 아니 촘스케를 향해 그 손을 내밀면서 몸을 숙였다.

너도 이상한 주인을 둔 바람에 고생이 많구나…….

"저기, 메구밍. 이 애, 암컷이잖아. 암컷한테 그 이름은 좀 그렇지 않아?"

"그래도 그 애의 이름은 촘스케예요."

등 뒤에 있는 메구밍이 하는 말을 들으면서 촘스케를 지켜보고 있을 때였다.

—촘스케가 조그마한 불꽃을 토해서 생선을 살짝 구웠다.

…………방금 뭘 한 거지?

나는 융단 위에서 무릎을 끌어안는 자세로 앉아, 생선을 씹어 먹는 촘스케를 지켜보며…….

"……어이, 아쿠아. 이쪽 세계의 고양이는 불을 뿜을 수

Burning
?!!

있는 거야?"

―라고, 아쿠아에게 물었다.

뭐, 양배추가 날아다니는 세계니까, 고양이가 불을 뿜어도 이상할 것은 없었다.

"왜 갑자기 바보 같은 소리를 하는 거야? 카즈마, 괜찮아?"

"고양이는 불을 뿜지 않는데요? 고양이는 야옹~ 하고 우는 생물이에요."

"맞아. 그리고 생선을 좋아하고, 겉모습은 귀여워."

그런 것은 알고 있다.

"하지만 이 녀석은 방금 불을 뿜어서 자기가 먹을 생선을 구웠단 말이야."

"……카즈마, 너 많이 지쳤나 보구나."

"감옥에 갇혔던 데다, 재판까지 받았으니까요. 지칠 만도 해요."

"진짜야! 내가 이상해진 게 아니라고!"

촘스케를 손가락으로 가리키면서 내가 그렇게 외치자, 메구밍은―.

"그런데 아까 두 사람은 왜 그렇게 떠들어댄 건가요? 다크니스는 애가 아니니까 외박을 해도 이상할 건 없잖아요. 좀 진정하세요."

내 말을 눈곱만큼도 믿지 않으면서 그런 소리를 했다.

"……너야말로 꽤나 차분하네. 다크니스가 지금 어떤 짓을 당하고 있을지 알고는 있는 거야? 그 영주에게 엄청난 짓을 당하고 있을 게 틀림없다고."

내가 그렇게 말하자, 메구밍이 코웃음을 쳤다.

"영주씩이나 되는 인간이 다크니스를……. 뭐, 뭐어, 그 영주에게는 나쁜 소문이 많이 따라다니고 있지만, 다크니스도 어엿한 모험가잖아요? 그렇게 간단히 유린당하지는 않을 거라고요."

이 바보! 다크니스에 대해 아무 것도 모르잖아!

"정말, 이래서 꼬맹이는 문제라니깐! 너도 다크니스와 오랫동안 같이 다녀놓고, 아직도 그 변태를 이해하지 못한 거냐! 그 녀석이라면 볼을 새빨갛게 붉힌 상태에서 『크! 내 몸은 뜻대로 할 수 있을지 몰라도, 내 마음까지 뜻대로 할 수 있을 거라 생각하지 마라! 너 같은 놈에게는 절대 지지 않는다!』 같은 소리를 해댈 게 뻔하다고."

"윽?!"

그제야 상황을 파악한 메구밍이 생선을 먹고 있던 촘스케를 끌어안으면서 말했다.

"어, 어어, 어쩌죠?! 다크니스가, 다크니스가 무참히 짓밟힐지도 몰라요! 어쩌면 좋죠?! 카즈마, 어쩌면 좋냐고요!"

"그 녀석은 어젯밤에 나갔잖아. 하룻밤 넘게 지났으니 이미 손쓰기에는 늦었어. 너희들, 잘 들어. 다크니스가 돌아오면 평소처럼 상냥하게 대해주라고."

"아, 알았어! 어른의 계단을 올라간 다크니스에게 무슨 일이 있었는지 물어보면 안 된다는 거네!"

"으으으으……! 다크니스가……, 다크니스가……!"

아쿠아는 자신에게 맡겨달라는 듯이 주먹을 말아 쥐었고, 메구밍은 얼굴이 새파랗게 질린 채 허둥댔다.

다크니스가 나서주지 않았으면 나는 지금쯤 죽었을 것이다. 그러니 다크니스에게 고마워한다면 모를까, 이런저런 소리를 할 처지는 아니지만…….

……아아, 젠장!

몇 번이나 말했지만, 나는 딱히 다크니스를 좋아한다든가, 왠지 신경 쓰인다든가 하는 연애감정을 가지고 있지 않았다. 그런데도 짜증이 솟구쳤다.

여자 친구에게 애인이 생겼다는 것을 알고 복잡한 감정을 느끼는 현상과 비슷할지도 모른다.

바로 그때—.

"사토 카즈마! 사토 카즈마 있느냐아아아아앗!"

그런 고함 소리가 들리면서 느닷없이 현관문이 열렸다.

거칠게 문을 열어젖히더니, 새빨개진 얼굴로 어깨를 부들부들 떨며 거친 숨을 내쉬고 있는 이는 바로 세나였다.

“어, 어이, 뭐야. 내 결백을 증명하기 위해 주어진 시간은 아직 남아 있잖아?! 미안하지만 지금은 널 신경 쓸 여유가 없어. 내 동료가…….”

“신경 쓸 여유가 없어?! 헛소리 하지 마! 역시 네놈은 마왕군의 앞잡이다! 감히 또 이딴 짓을 벌이다니……!”

억지 트집이나 다름없는 소리지만, 세나의 무시무시한 표정을 보고 불길한 느낌을 받은 나는 머뭇거리면서 물었다.

“이, 이딴 짓? 그게 무슨 소리야……?”

“개구리다! 마을 주변에서 동면중이었던 개구리들이 깨어났단 말이다!”

이 주변에서는 명물이 되어버린 졸개 몬스터, 자이언트 토드를 말하는 건가. 하지만 그게 우리와 무슨 관계가 있다는 거지?

“생트집 좀 잡지 마요. 우리가 몬스터를 조종해서 동면중인 개구리 몬스터를 깨우기라도 했다는 거예요? 증거를 내놔보라고요! 증거를!”

메구밍이 싸움이라면 얼마든지 받아주겠다는 듯이 앞으로 나섰다.

“길드 직원의 보고에 따르면 개구리는 뭔가를 두려워하듯 지상으로 기어 나왔다고 합니다. ……그 말을 들으니, 최근 며칠 동안 마을 근처에서 폭렬마법을 연발하여 주민들을 두려움에 떨게 한 사람이 생각나더군요.”

나는 저택 안쪽으로 도망치려 하는 아쿠아와 메구밍의 목덜미를 잡았다.

"잠깐만요. 제 이야기 좀 들어보세요. 저는 아쿠아가 시키는 대로 했을 뿐이에요! 실행범은 저지만, 주범은 아쿠아라고요!"

"약았어, 메구밍! 내가 이야기를 꺼냈을 때는 엄청 좋아했잖아! 나의 힘을 똑똑히 보거라, 같은 소리도 했었잖아!"

나는 내부분열을 일으킨 두 사람의 목덜미를 쥔 채 말했다.

"꼴사나운 말다툼이나 할 때가 아니잖아! 너희가 저지른 일의 뒤처리를 하러 가자고!"

2

주변이 전부 눈으로 뒤덮인 마을 외곽.

"싫어~! 더는 싫어어어어어! 개구리에게 먹히는 건, 이제 싫다구우우우우우!"

그곳에 아쿠아의 비명이 메아리쳤다.

"그건 그렇고, 이쪽 세계의 개구리는 추운데도 움직임이 둔해지지 않네. 평소와 다름없는 속도로 활동하고 있잖아. 이쪽 세계의 녀석들은 생물도 그렇고, 채소도 그렇고, 전부 기운이 지나치게 넘친다니깐."

나는 설원 위에서 개구리에게 쫓기고 있는 아쿠아를 쳐다보면서 구구절절한 목소리로 중얼거렸다.

"가혹한 세계이기 때문에 생물들이 매 순간을 열심히 살고 있는 거예요. 저희도 질 수야 없죠. 더욱 강해져서, 가혹한 이 세계를 살아가자고요."

내 중얼거림을 들은 메구밍이 진지한 표정으로 그렇게 말했다.

―어깨 아래 부분을 개구리에게 먹힌 상태에서 말이다.

전에도 개구리에게 먹힌 적이 있기 때문일까, 메구밍은 이 상황에서도 꽤나 차분했다. 별다른 저항을 하지 않으면서 그냥 당하고만 있는 것이다.

메구밍은 이미 폭렬마법을 날려 수많은 개구리를 해치웠다.

개구리는 마력을 다 쓴 탓에 움직일 수 없는 메구밍을 완전히 삼키지는 않은 채 가만히 있었다.

어쩌면 메구밍의 지팡이가 입에 걸린 걸지도 모른다.

"금방 구해줄 테니까 잠깐만 기다려."

내가 검을 들고 메구밍을 잡아먹고 있는 개구리를 향해 돌아서자…….

"아뇨. 아쿠아를 쫓는 개구리를 쓰러뜨린 후에 구해줘도 돼요. 밖은 춥지만 개구리 뱃속은 따뜻하거든요."

이 녀석은 폭렬마법에 미쳤다는 점 외에는 평범한 애인 줄 알았는데, 의외로 거물일지도 모른다.

"다, 당신은, 동료가 개구리에게 먹히고 있고, 다른 동료가 개구리에게 쫓기고 있는데도, 꽤나 차분하군요."

입회인으로서 따라온 세나가 약간 질린 표정으로 말했다.

세나에게 있어서는 놀랄 일일지도 모르지만, 우리에게 있어서는 일상적인 풍경이다.

메구밍을 나중에 구하기로 마음먹은 나는 들고 있던 검을 땅에 꽂은 후, 미리 사뒀던 활과 화살을 꺼냈다.

나는 기동요새에 침입했을 때 골렘을 해치워서 레벨이 2나 올랐다.

레벨이 오르면서 입수한 스킬 포인트로 어떤 스킬을 익힐지 고민했다. 우리 파티에는 다크니스라는 튼튼한 방패막이가 있지만 원거리 공격이 가능한 자가 없었다.

일단 메구밍이 있긴 하지만 마법을 한 번밖에 못 쓰는데다 다크니스까지 날려버릴 수도 있다.

그래서 약해빠졌지만 여러 직업의 스킬을 익힐 수 있는 내가 원거리 공격을 익히기로 한 것이다.

모험가의 특성을 살려, 아처인 키스에게서 《활》과 《저격》이라는 스킬을 배웠다.

《활》은 말 그대로 풋내기인 내가 활을 제대로 다루게 해주는 스킬이다.

그리고 《저격》은 원거리 무기나 도구를 사용할 때 사정거리를 늘려주고, 운이 좋을수록 명중률이 높아져서 나에게 딱 어울리는 스킬이다.

나는 활을 당긴 후, 아쿠아를 쫓는 개구리를 저격 스킬로 조준했다……!

"카즈마~! 서둘러! 서두르라구~!!"

도망 다니던 아쿠아는 활을 당기고 있는 나를 보더니 울먹이는 목소리로 고함을 질렀다.

……그 고함소리를 듣자, 저 녀석을 좀 더 궁지로 몰아넣고 싶다는 생각이 들었다.

내가 활을 쏘지 않자, 아쿠아는 내 쪽을 향해 도망쳤다. 위험을 감지한 나는 개구리의 머리를 향해 화살을 날렸다.

화살은 아쿠아의 머리카락을 스치며 지나간 후, 개구리의 머리를 정확하게 관통했다.

울상을 지은 아쿠아가 그대로 나를 향해 뛰어왔다.

"좋아. 그럼 메구밍. 지금 바로 구해줄게."

"저기, 카즈마. 방금 내가 잡아먹힐 때까지 기다리지 않았어? 응? 기다리지 않았냐구?! 그리고 내 머리의 매력 포인트를 화살이 스치고 지나갔거든?!"

나는 화를 버럭버럭 내는 아쿠아를 무시하고 땅에 꽂혀 있던 검을 뽑아들었다.

"……당신들은 항상 이렇게 위험천만한 방식으로 싸우는 겁니까? ……이, 이런 사람들이, 진짜로 마왕군의 관계자……?"

우리의 뒤편에 서있던 세나가 공책에 이 싸움의 양상을

메모하면서 혼잣말을 중얼거렸다.

나는 움직이지 않는 개구리를 향해 돌아선 후, 메구밍을 구하려—.

"자, 잠깐만요! 개구리가……!"

개구리의 입 사이로 삐죽 튀어나와 있던 메구밍이 갑자기 절박한 목소리로 말했다.

메구밍 쪽을 돌아본 나와 아쿠아는 그녀의 목소리를 듣고 뒤편을 돌아보았다.

""……아.""

어느새 땅에서 기어 나온 거대한 개구리 세 마리가 눈에 들어왔다.

방금까지 여유를 부리던 나의 등을 타고 차가운 땀이 흘렀다.

큰일 났다. 이걸로 남은 개구리는 총 네 마리다.

이래서는 먹잇감……이 아니라, 미끼 역할을 해줄 사람이 부족했다.

거리가 좀 더 벌어져 있다면 한 마리씩 저격할 수 있겠지만……!

"아쿠아, 일단 흩어지자! 나는 거리를 벌린 후 한 마리씩 해치울 테니까, 너는 계속 미끼 역할을 해줘!"

"싫어~! 이제 개구리에게 쫓기는 건 싫다구우우! 네가 미끼 역할을 하란 말이야~!"

"바보! 너한테는 개구리를 쓰러뜨릴 공격력이 없잖아! 한 마리만 쓰러뜨리면 움직이는 개구리는 두 마리밖에 안 돼! 그럼 너와 세나 씨가 한 마리씩 발을 묶으면 된다고!"

"에엣?! 저, 저는 여러분을 감시하고 있을 뿐, 이 싸움에 휘말릴 생각은……! 아니, 그 이전에 일반인인 저를 미끼로 쓸 생각인가요?!"

아쿠아가 울음을 터뜨리고, 세나가 고함을 지르는 가운데, 메구밍이 말했다.

"죄송하지만 조금씩 먹히기 시작했으니, 저도 슬슬 구해주지 않겠어요?"

"아아, 정말! 왜 하필 이럴 때 다크니스가 없는 거야! 금속 갑옷을 입은 그 녀석이라면 개구리 따위에게 먹히지 않을 텐데! 그 녀석은 대체 언제 쯤 되어야 돌아오는 거냐고오오!"

메구밍을 삼키기 위해 고개를 치켜든 개구리를 향해, 내가 검을 휘두르려고 한 순간—!

"『라이트 오브 세이버』!!!!"

—맑고 고운 목소리가 설원에 울려 퍼졌다.

그와 동시에 메구밍을 삼키려던 개구리의 몸통 위로 빛의 선이 생겼다.

빛이 개구리의 몸통을 관통한 후, 개구리의 몸이 정확하게 반으로 갈렸다.

내가 개구리의 입에서 메구밍을 꺼내고 있을 때…….

"『에너지 이그니션』!"

또다시 맑은 목소리가 들려왔다.

그와 동시에 우리를 향해 돌진하던 개구리 세 마리가 몸 속에서 터져 나온 듯한 푸른색 업화(業火)에 휩싸였다.

타들어가는 개구리의 향긋한 냄새가 주위를 가득 채운 가운데, 나는 점액 범벅이 된 메구밍을 업고 돌아가는 것이 싫어서 얼마 남지 않은 마력을 드레인 터치로 그녀에게 나눠줬다.

……그러자 메구밍은 비틀거리면서도 어찌어찌 몸을 일으켰다.

메구밍의 시선은 검은색 로브로 몸을 감싼 한 소녀를 향하고 있었다.

나보다 한두 살 정도 어리려나?

처음 보는 그 소녀는 메구밍을 지그시 쳐다보고 있었다.

"방금 그건 상급 마법……! 이런 풋내기 모험가의 마을에 상급 마법을 사용하는 사람이 있다니……."

뒤편에 있는 세나가 놀란 목소리로 그렇게 말하고 있을 때, 나는 눈앞에 있는 여자애를 향해 고개를 숙였다.

"누구인지는 모르겠지만 덕분에 살았어. 정말 고마워."

"따, 딱히 구해준 건 아니에요. 라이벌이 개구리 따위에게 당하면 제 입장이 난처해지기 때문에 나선 것뿐이거든요……."

그 여자애는 감사 인사를 하는 나를 힐끔 쳐다본 후, 약간 부끄러워하듯 볼을 붉혔다. 그리고 고개를 숙인 채 중얼거리는 목소리로 그렇게 말했다.

"어머머? 너는 메구밍과 아는 사이야?"

개구리가 전멸한 덕분에 차분함을 되찾은 아쿠아는 흥미어린 눈길로 그 여자애를 쳐다보면서 물었다.

"아는 사이, 가 아니라 라이벌이에요……. 오래간만이야, 메구밍! 약속대로 수행을 끝내고 돌아왔어! 보다시피, 지금의 나는 상급 마법도 쓸 수 있다구! 자, 지금이야말로 그때 했던 약속을 지킬 때야! 오늘이야말로 오랫동안 이어진 우리의 대결에 종지부를 찍겠어!"

여자애는 기뻐죽겠다는 표정을 지으며 메구밍을 손가락으로 가리켰다.

엄청 뜨거운 상황이네.

그리고 지명을 받은 당사자는—!

"……응? 누구시죠?"

"뭐엇?!"

점액 범벅이 된 메구밍이 태연자약한 목소리로 그렇게 말하자, 여자애는 경악했다.

유심히 보니 그 여자애는 메구밍과 비슷한 복장을 하고

있었다.

메구밍이 걸친 것과 비슷한 디자인의 검은색 로브와 검은색 망토.

그리고 은색 지팡이를 지녔으며 허리에는 단검을 차고 있었다.

그녀는 메구밍보다 키가 조금 크고 체형은 전체적으로 늘씬했다.

그리고 심지가 굳어 보이면서 어딘가 얌전해 보이는 외모의 상당한 미소녀다.

일본에서 태어났다면 반장이나 학생회장을 할 것 같은 우등생 이미지였다.

그 애는 검은색 머리카락을 리본으로 묶었으며, 눈동자는 붉은색을 띠고 있었다.

그렇다. 메구밍과 눈동자의 색깔이 같았다.

"나, 나야, 나! 홍마의 마을에 있는 학교에서 동기였던! 메구밍이 항상 1등이었고, 내가 2등이었잖아! 그래서 나는 상급 마법을 쓸 수 있게 될 때까지 수행을 하고 오겠다고……!"

그 홍마족 소녀는 울상을 지은 채, 자신의 얼굴을 손가락으로 가리키면서 필사적인 목소리로 말했다.

아니, 그것보다 말이야. 저 애, 방금 말도 안 되는 소리를 태연하게 하지 않았어?

"……어이, 방금 흘려들을 수 없는 소리가 들렸는데? 네가 학교에서 1등이었다, 같은 소리 말이야."

내가 그렇게 말하자, 메구밍은 훗 하고 웃었다.

"이제 와서 무슨 소리를 하는 거예요. 처음 만났을 때, 홍마족 제일의 마법사라고 제가 말했었잖아요. 그 말을 믿지 않다니, 카즈마는 정말 어리석다니까요. 하지만 꽤 오랫동안 같은 파티에서 활동했으니 이제는 믿죠?"

"점액 범벅이 된 지금의 네 모습을 보고도 그 말을 믿는 녀석이 있다면, 그 녀석의 얼굴이 보고 싶은걸."

"뭐, 뭐어어?!"

"자, 잠깐만 있어봐!"

홍마족 여자애는 나와 말다툼 중인 메구밍을 향해 허둥지둥 말했다.

"저기, 메구밍! 나라구, 나! 진짜로 잊은 거야?! 학교 시험 때 몇 번이나 너한테 승부를 신청했고, 그때마다 너는 승부를 신청하기 위해서는 대가가 필요하다면서, 도시락을 걸면 받아주겠다고 했어! 그리고 내 도시락을 빼앗아갔었잖아!"

이 녀석, 그딴 짓도 했던 거냐.

내가 메구밍을 쳐다보자, 그녀는 고개를 획 돌렸다.

"저기, 이야기가 길어질 것 같으면 나 먼저 길드로 돌아가도 돼? 개구리 고기가 상할지도 모르잖아. 길드 사람들을 불러서 운반해도 되지?"

아쿠아가 죽은 개구리들을 손가락으로 가리키면서 말했다.

솔직히 말해 이런 상황에서 나만 남겨지는 것은 좀 그렇지만…….

지금은 조금이라도 많은 돈이 필요한 상황이다. 그러니 아쿠아에게 정산을 시키는 편이 좋으리라.

그러면 나와 메구밍은 이대로 저택에 돌아가도 된다. 개구리 냄새가 풀풀 나는 메구밍을 한시라도 빨리 욕실에 집어넣을 수 있는 것이다.

"……흠. 쌓인 이야기가 많은 것 같군요. 그럼 저도 이쯤에서 실례하겠습니다. ……사토 카즈마 씨. 오늘은 지나칠 정도로 모험가 같아 보였지만, 그게 제 눈을 속이기 위한 연기였을 가능성도 있다고 봅니다. ……저는 아직 당신을 신용하지 않습니다."

세나는 그렇게 말하면서 나를 무시무시한 눈길로 노려본 후, 아쿠아와 함께 마을로 돌아갔다.

3

설원에 남겨진 나는 다시 메구밍을 향해 말했다.

"이 애, 자기가 네 지인이라는데 진짜야? 너에 대해 꽤 자세하게 알고 있는 것 같으니까, 잘 좀 생각해봐."

"진짜 모르는 애예요. 그리고 자기 이름을 밝히지 않는 것부터가 수상하잖아요. 이건 카즈마가 아쿠아에게, 아무리 돈이 없어도 절대 하지 말라고 했던 나야 나 사기가 틀림없어요. 절대 얽히면 안 된다고요."

그렇게 말한 메구밍은 내 손을 잡아끌면서 돌아가려 했다.

마을로 돌아가려고 하는 우리를 본 여자애는 허둥지둥 입을 열었다.

"자, 잠깐만 기다려! 아, 알았어. 모르는 사람 앞에서 이름을 밝히는 건 부끄럽지만 밝힐게! ……내 이름은 융융. 아크 위저드이자, 상급 마법을 사용하는 자. 이윽고 홍마족의 족장이 될 자……!"

융융은 볼을 붉히면서 이름을 밝히더니, 입고 있던 망토를 펄럭였다.

홍마족은 이름을 밝힐 때 오버 액션을 해야 하는 규칙이라도 있는 걸까.

메구밍은 그런 융융을 보면서 나에게 말했다.

"뭐, 그녀의 이름은 융융이에요. 홍마족 족장의 딸이며, 언젠가 홍마족의 족장이 될 예정인, 학창 시절부터의 제 자칭 라이벌이죠."

"그렇구나. 나는 이 녀석의 모험가 동료인 카즈마야. 잘 부탁해, 융융."

"자, 잠깐만! 기억하고 있었던 거야?! ……어, 어머? 저기, 카즈마…… 씨? 저기, 제 이름을 듣고도 비웃지 않는 거예요……?"

융융은 머뭇거리면서도 이해가 되지 않는 듯이 나에게 물었다.

메구밍이라는 이름에 익숙해진 덕분에, 홍마족의 괴상한 이름을 들어봤자 별 감흥이 없다고…….

"이름이 좀 이상하다고 해서 본인의 인격까지 이상한 건 아니잖아? 이 세상에는 엄청 특이한 이름을 가졌는데도 불구하고, 정신 나간 폭렬 걸이라는 불명예스러운 별명으로 불리는 녀석도 있다고."

"저 말인가요? 그거, 제 이야기하는 거 맞죠? 제가 모르는 사이에 그런 별명이 생긴 건가요?!"

내 말은 들은 융융은 이해가 안 된다는 듯, 놀란 표정을 지으면서 말했다.

"……흐음, 역시 메구밍이야. 좋은 동료를 찾았네. 그래야 내 라이벌답지."

아무래도 나에 대한 그녀의 평가가 좋아진 것 같았다.

"그런데 이야기를 계속할 거면 다른데서 하면 안 될까? 이런 곳에 서서 이야기 하는 것도 좀 그렇잖아."

내가 그렇게 말하자, 융융은 깜짝 놀란 것처럼 고개를 들더니 우리와 거리를 벌렸다.

"그래. 메구밍이 나를 모른다는 노망든 소리를 하는 바람에 상황이 꼬였지만……! 메구밍, 나는 너와 결판을 내러 온 거야! 나는 언젠가 홍마족의 족장이 될 자. 하지만 너한테 이기지 못한다면 창피해서 족장의 자리에 앉을 수 없어! 그리고 무엇보다!"

융융은 메구밍을 손가락으로 가리키면서 말했다.

"너와 약속했던 대로, 나는 상급 마법을 습득했어. 이제 너한테 이겨서, 홍마족 제일이라는 칭호를 손에 넣겠어. 그리고 내가 족장이 되면 그 누구도 불평을 하지 못하게 할 거야. 아무도 나한테 부모 잘 둔 애라는 소리를 못하게 하겠어! 자, 메구밍. 나와 승부를 하자!!"

눈동자 안쪽에 굳은 결의가 담긴 융융이 메구밍을 향해 선언했다.

"싫어요. 이제 몸이 차갑게 식어서 춥단 말이에요."

메구밍이 당연한 소리를 하듯 그렇게 말하자, 융융은 어안이 벙벙해 하면서 그대로 딱딱하게 굳어버렸다.

"그래? 그럼 돌아가자. 목욕물 데워줄 테니까 먼저 들어가. 씻고 나서 다 같이 밥이나 먹으러 가자고."

내가 그렇게 말하면서 메구밍과 함께 돌아가려 하자…….

"자자자, 잠깐만 기다려! 저기, 왜 그래? 오랜만에 만났는데, 왜 이렇게 차갑게 대하는 건데?! 메구밍, 부탁이야! 나와 승부해줘!"

융융은 우리에게 허둥지둥 매달렸다.

메구밍은 그런 융융을 보고 한숨을 내쉬었다.

"……하지만 저는 오늘 하루 동안 마법을 쓸 수 없어요. 마력을 다 써버렸거든요. 게다가 저와 마법으로 승부할 생각인가요? ……후후후. 제 힘을 꽤나 얕보고 있군요. 저는 오늘도 어리석은 개구리 여덟 마리를 한 방에 증발시켰어요. 융융이여. 그대에게 그것이 가능하다는 건가?"

메구밍이 근엄한 목소리로 중2병 같은 대사를 입에 담자, 융융은 깜짝 놀란 표정을 지으면서 나를 쳐다보았다.

아마 그게 사실인지 묻는 것이리라.

"뭐, 마법 한 방으로 개구리 여덟 마리를 증발시킨 건 사실이야."

그 후, 꼼짝도 하지 못하게 된 탓에 개구리에게 잡아먹힐 뻔 했지만 말이다.

내 말을 들은 융융은 겁먹은 표정을 지으며 마른 침을 삼켰다.

"그리고 당신은 한 동안 이 마을을 떠나 있었으니 모르겠지만……. 이런 이야기를 듣지 못했나요? 매일같이 자신이 머무는 성에 꽂히는 폭렬마법 때문에 겁먹은 마왕군 간부가 이 마을로 유인당한 끝에 격퇴 당했다는 이야기 말이에요. 그리고 무적이라 불리던 기동요새 디스트로이어가 이 마을에서 폭렬마법에 의해 파괴되었다는 이야기도 듣지 못한 건가요?!"

그 말을 들은 융융은 오들오들 떨면서 불안한 표정으로

나와 메구밍의 얼굴을 번갈아 쳐다보았다.

……거짓말은 아니지.

"뭐, 메구밍이 매일같이 날린 마법 덕분에 마왕군 간부가 이 마을에 온 건 사실이고, 메구밍이 디스트로이어에게 결정타를 날린 것도 사실이야."

말은 하기 나름이지…….

내 말을 들은 융융은 새파랗게 질린 얼굴로 말했다.

"그, 그그그그, 그래도, 스, 승부를! 승부를 해야만 해……! 설령 승산이 없다고 해도, 몇 번이든 도전할 거야!"

그 말을 듣고 겁을 먹은 융융의 눈가에는 눈물이 맺혀 있었다. 하지만 그녀는 물러설 수 없다는 듯이, 메구밍을 향해 단호한 목소리로 그렇게 말했다.

메구밍은 그런 융융을 보면서 또 깊은 한숨을 내쉬었다.

"……어쩔 수 없군요. 그럼 이렇게 하죠. 저는 오늘 하루 동안 마법을 쓸 수 없어요. 그러니 승부 방법은 당신의 특기인 체술로 하는 건 어떨까요? 당신도 지금은 어엿한 모험가인 것 같으니, 이제 와서 필기시험으로 대결해봤자 납득하지 못하겠죠. 무기는 쓰지 않기로 하고, 한쪽이 항복할 때까지 계속 싸우는 거예요. ……어떤가요?"

융융은 깜짝 놀란 표정을 지으면서 말했다.

"……괜찮겠어? 메구밍은 학교 다닐 때도 체술 수업에 거의 참가하지 않았잖아. ……설마 나한테 승리를 양보할 생각인 거야? 점심시간만 되면 내 앞을 어슬렁거리며 내가 도전하도록 유도해서 내 도시락을 강탈해갔던 네가?"

"……너, 정말 악랄한 녀석이었구나."

"……저한테도 사활이 걸린 문제였어요. 가정 사정 때문에 그녀의 도시락이 제 생명줄이었죠. 그리고 제가 먼저 승부를 건다면 그건 갈취잖아요."

융융은 눈을 감았다.

그리고 깊이 숨을 들이마신 후, 멋진 미소를 지었다.

"알았어. 네가 말한 방식으로 승부하자. ……그리고, 이런 소리를 할 거지? 승부에는 대가가 필요하다고 말이야! 대가는 이 마나타이트 결정. 꽤 순도가 높은 일급품이야! 마법사라면 누구나 가지고 싶어 하는 아이템이라구!"

융융은 조그마한 보석을 내밀었다.

이름에 마나라는 단어가 들어간 것을 보면, 마력이 담긴 돌인 것 같았다.

메구밍은 그것을 보더니 만족스러운 표정을 지으며 고개를 끄덕였다.

"좋아요! 받아주죠! 그럼 얼마든지 덤벼 보세요!"

메구밍은 위협하듯 양손을 벌리면서 말했다.

그러자 융융은 자세를 낮추면서 주먹을 말아 쥐었다.

언뜻 보기에는 체격이 큰 융융이 유리해보였다.

키와 체격에서 앞서는 융융의 날씬한 팔다리에는 균형 좋게 근육이 붙어있는데 비해, 메구밍은 맨손 전투를 잘할 것 같지 않았다.

딱 잘라 말해, 어디에나 있을 법한 여자애. 아니면 빈약해 보이는 마법사 같은 인상이었다.

융융이 천천히 거리를 좁혔다.

그러자 메구밍도 양손을 펼친 상태에서 언제든 융융을 끌어안을 수 있는 자세를…….

"……저기, 메구밍. 잠깐만 있어봐. ……네 몸, 번들거리고 있잖아. 그거, 혹시……."

"그래요. 이건 개구리의 점액이에요."

융융이 불안한 목소리로 묻자, 메구밍이 바로 답했다.

융융의 얼굴이 딱딱하게 굳었지만, 메구밍은 개의치 않으면서 말을 이었다.

"아까는 고마웠어요. 제 몸에 묻은 이 끈적끈적한 액체는 전부 개구리의 뱃속 분비물이에요. ……자, 그것보다 빨리 덤벼요! 융융이 다가온 순간, 확 끌어안은 후 그대로 그라운드 기술을 펼쳐주겠어요!"

그렇게 말한 메구밍이 양손을 펼친 채 천천히 다가가자, 융융은 딱딱하게 굳은 표정으로 뒷걸음질을 치기 시작했다.

"메, 메구밍? 웃기지도 않는 농담 하지 마. 거짓말이지? 내, 내 전의를 꺾어서, 항복하게 만들려는 작전이지? 맞지? 학창 시절에도 그런 짓을 몇 번이나 했었잖아. 나, 나 이제

안 속아."

융융이 허세를 부리면서도 뒷걸음질을 치자, 메구밍은 붉은 눈동자를 반짝이면서 그녀에게 계속 다가갔다.

마치 사이좋은 친구에게 장난을 치려 하는 어린애 같은 표정으로 말했다.

"우리는 친구 사이죠? 친구라면 고난도 나눠가질 수 있어야 한다고 생각해요."

융융은 그 말을 듣자마자 뒤돌아서서 도망치기 시작했다.

메구밍이 도망치는 그녀를 뒤쫓았다.

"항복! 항복할게! 마나타이트를 줄 테니까, 다가오지 말라구!"

4

메구밍 때문에 결국 점액 범벅이 된 융융이 울면서 돌아간 후—.

우리 둘은 저택을 향해 걸음을 옮겼다.

"아. 받아요, 카즈마. 꽤 돈이 되는 거니까 빚을 변제하는데 보태세요."

메구밍이 그렇게 말하면서 건네준 것은 아까 융융에게서 빼앗은 마나타이트 결정이었다.

그것은 마법사라면 누구나 가지고 싶어 하는 아이템이라

고 융융이 말했었는데…….

"정말? 너는 안 쓸 거야? 어떻게 쓰는 건지는 모르지만 말이야."

내가 그렇게 묻자, 메구밍은 작게 웃음을 흘린 후 대답했다.

"마나타이트 결정은 마법을 사용할 때 소비되는 마력을 대신 부담해줘요. 하지만 일회용 아이템이죠. 이 정도 순도와 크기의 결정은 폭렬마법을 사용하기 위해 필요한 방대한 마력을 부담하지 못해요. 즉, 평범한 마법사에게는 소중한 것이지만, 저처럼 상상을 초월하는 대마도사에게는 아무짝에도 쓸모없는 물건이죠."

그런 소리를 자랑하듯 하는 거냐…….

"……그건 여러모로 문제 아냐? 어이, 몇 번이나 말했지만 폭렬마법 이외의 스킬을 익힐 생각은……."

"없어요."

"그렇지?"

메구밍이 단호한 목소리로 그렇게 대답하자, 나는 땅이 꺼져라 한숨을 내쉬었다.

뭐, 어쩔 수 없다. 이 녀석은 이래봬도 꽤 도움이 될 때도…….

…………있을까?

그러고 보니 융융이라는 애는 상급마법을 사용했잖아.

겉보기에도 꽤나 화려한 마법으로 개구리를 순식간에 해

치웠다.

마법만 뛰어난 것이 아니라, 얼굴도 예쁘고, 몸매도 좋았다.

그런 우수한 마법사에 비해…….

"……왜 갑자기 한숨을 쉬는 거죠? ……홍마족은 마력만이 아니라 지력도 매우 뛰어나요. 카즈마가 지금 무슨 생각을 하고 있는지 맞춰볼까요?"

내가 걸음을 옮기면서 땅이 꺼져라 한숨을 내쉬자, 메구밍이 미심쩍은 표정을 지으면서 나에게 그렇게 말했다.

…………………….

"……아까 그 애보다 메구밍이 더 미인이네……. 하고 생각했습니다."

"고마워요! 칭찬해준 답례로, 포옹해줄게요!"

"하, 하지 마! 다가오지 말라고! 개구리 냄새 난단 말이야!"

—저택의 문을 열어보니, 아쿠아가 아직 돌아오지 않았다.

혹시나 하는 마음으로 기대하고 있었지만, 역시 다크니스의 모습도 보이지 않았다.

나는 끈적끈적한 등을 신경 쓰면서 서둘러 욕실로 향했다.

"으으……. 비린내……. 이렇게 기쁘지 않은 포옹을 당한 건 처음이야."

"좀 더 기뻐하는 게 어때요? 이 세상에는 미끈미끈한 여자애와 몸을 비벼대고 돈을 내는 남자도 있단 말이에요."

메구밍은 내 뒤를 따라오면서 천연덕스러운 표정으로 그렇게 말했다.

—내가 탈의실에 들어가려하자, 메구밍이 내 옷자락을 움켜잡았다.

"…………왜 그래?"

"끈적끈적해서 기분 나빠요. 먼저 목욕할래요."

"나도 너 때문에 점액 범벅이 됐다고. 그리고 내가 먼저 들어가지 않으면 물을 데울 수가 없잖아. 우리 집 급탕기는 마력으로 작동하니까 말이야! 마력을 다 쓴 너는 물도 채울 수 없고, 내가 나눠준 마력으로는 미지근한 물만 겨우 만들 수 있을걸? 알았으면 내가 목욕을 끝낼 때까지 난로 앞에서 몸이나 데우고 있어."

내가 손을 내저으면서 그렇게 말하자, 메구밍은 한껏 인상을 쓰면서 말했다.

"점액 범벅이 된 채로 난로 앞에 있다간 로브에서 개구리 냄새가 풀풀 날 거라고요. 레이디 퍼스트라는 말도 몰라요? 여성을 소중하게 대하라고요."

"나는 진정한 남녀평등을 소망하는 존재. 자기한테 유리할 때만 여자의 권리를 주장하고, 자기한테 불리할 때는 남자 주제에 같은 소리를 하는 녀석은 용서하지 않는 인간이야. 레이디 취급을 받고 싶다면 우선 나이를 좀 더 먹고 오라고.”

“앗! 방금 저를 어린애 취급했죠?! 일단 말해두겠는데, 카즈마와 저는 세 살 밖에 차이나지 않거든요?! 10년 후에는 26세와 23세예요. 그렇게 큰 차이는…….”

“미래는 미래, 과거는 과거. 나는 현재를 살아가는 남자. 내 눈에 지금의 너는 평범한 어린애로만 보이니까 부질없는 짓 하지 말라고. 자, 그럼 내가 먼저 목욕한다!”

그렇게 말하면서 욕실로 들어온 나는 마력으로 작동하는 급탕기에 마력을 주입해 불을 피운 후, 점액으로 범벅이 된 상의를 벗었다.

“이 남자, 진짜로 옷을 벗었어요!”

메구밍은 그 모습을 보고 약간 놀란 것 같지만, 나는 어린애한테 알몸을 보여줘도 아무렇지 않다고.

“내 알몸을 더 보고 싶으면 돈 내. 나는 절대 양보하지 않을 거야. 그래. 절대로 안 할 거라고.”

메구밍은 분한지 입술을 깨문 후, 뭔가 좋은 생각이 난 것처럼 훗 하고 웃었다.

그리고 의기양양한 웃음을 흘리며 도발하듯 말했다.

“……과연. 카즈마가 저를 여자로 보지 않는다는 건 이해했어요. 그럼 같이 들어가죠. 저를 여자로 보지 않는다면 그쯤은 아무렇지도 않겠네요.”

“맞아. 같이 들어가면 되겠네. 그럼 먼저 들어간다.”

"어?!"

내가 아무렇지도 않은 듯이 오케이를 하자, 말을 꺼냈던 메구밍이 거꾸로 깜짝 놀랐다.

"저, 저기 말이죠. 보통 이런 소리를 들으면 『바, 바보! 그딴 짓을 어떻게 하냐?!』 같은 소리를 하면서 부끄러워한 후, 투덜대며 나에게 양보해야 하지 않나요?"

"왜 내가 그런 흔해빠진 작전에 넘어가줘야 하는 건데? 미리 말해두겠는데, 나한테 그런 전형적인 술수는 통하지 않아. 예를 들어, 메구밍이 나한테 반했다고 쳐. 그리고 다른 여자가 나한테 꼬리를 치는 모습을 보고 질투한 메구밍이 나한테 폭력을 휘두르려고 한다면, 나는 인정사정없이 반격을 할 거야. 나는 할 때는 하는 남자거든. 그 점을 똑똑히 기억해두라고."

"……아무래도 제가 카즈마를 얕봤던 것 같아요. 제가 카즈마에게 반하는 일은 없을 테니 안심하세요. 할 때면 한다는 말은 이런 상황에서 쓸 말이 아닌 것 같지만…… 뭐, 됐어요."

그렇게 말한 메구밍은 포기했는지 탈의실에서 나가려고…….

"어? 뭐야. 그렇게 도발해놓고 같이 목욕하지 않는 거야? 정말, 근성이라고는 눈곱만큼도 없는 녀석이라니깐. 그러니까 어린애 취급을 당하는 거라고."

"뭐요? 제가 근성이 없다고요?! 말 한 번 잘했어요. 좋아요. 같이 해요. 같이 목욕하자고요! 자, 카즈마야말로 수건 같은 거 두르지 말고 빨리 들어가요!"

"어이, 그만해. 수건 당기지 말라고, 이 색골아! 왜 그렇게 당당한 거야?! 너, 융융이라는 애한테 남자애 같다는 소리 들은 적 없어? 너무 털털하잖아! 좀 더 조신하라고!"

호쾌하게 로브를 벗어던진 메구밍은 몸에 수건을 두른 뒤, 당당한 걸음걸이로 욕실 안으로 들어왔다.

—어라?

수건 사이로 언뜻 보인 메구밍의 엉덩이 언저리에 문양 같은 게 있었던 것 같은데…….

"물이 미지근하잖아요. 좀 더 마력을 불어넣어요! 자, 빨리 마력을 불어넣으라고요! 그리고 빨리 들어와요!"

메구밍은 욕조에 손을 넣은 채 그렇게 떠들어댔다.

잘못 본 건가? ……뭐, 됐어.

5

"휴우……."

"하아……. 이렇게 대낮부터 욕조 안에서 느긋하게 있는 것도 나쁘지 않네요……. 이대로 잠들어 버릴 것만 같아요……."

넓은 욕조 안의 물에 어깨까지 담근 나는 그대로 손발을 쭉 뻗었다.

이 저택의 가장 큰 장점은 욕조가 크다는 점이다.

"그런데 그 융융이라는 애 말이야. 그렇게 보내도 괜찮은 거야? 오래간만에 만난 거잖아."

"어차피 또 만날 거예요. 제 라이벌을 자칭하면서 항상 쫓아다니거든요."

메구밍도 어깨까지 물에 담근 채 욕조 가장자리에 턱을 걸치더니, 기분 좋아 보이는 표정으로 눈을 감고 있었다.

"그건 그렇고 그 융융이라는 애는 이름은 유감이지만 귀엽던걸. 메구밍의 친구치고는 상식적인 애였고 말이야."

"그 말은 제가 상식적이지 않다는 것처럼 들리는데요. 그리고 그 애도 저와 동갑이에요. 그런데 왜 그 애는 어린애 취급을 하지 않는 거죠?"

메구밍은 욕조 가장자리에 턱을 걸친 채 눈 하나만 떠서 나를 힐끔 쳐다보았다.

메구밍과 그 애가 동갑이라니…… 나는 욕조 안에서 메구밍을 다시 쳐다보았다.

"……어이. 방금 나를 쳐다보면서 했던 생각을 솔직하게 말해보실까?"

"……사람마다 성장속도는 다르다고 생각…… 어이, 그만해. 폭렬마법을 영창하지 말라고! 네가 마력이 없다는 걸 아는데도 심장이 멎을 뻔 했단 말이다!"

나는 그렇게 말하면서 메구밍을 따라하듯 욕조 가장자리에 턱을 걸쳤다.

"그건 그렇고, 그 애도 열세 살이구나. 내 허용범위는 두 살 연하까지니까 열세 살은 안 돼. 하다못해 열네 살이라면 중2와 고1이니까 아슬아슬하게 괜찮을 것 같은데 말이야."

내가 그렇게 중얼거리자, 메구밍이—.

"중이와 고일? ……잘은 모르겠지만, 저는 다음 달에 열네 살이 돼요. 그럼 이제 저를 어린애 취급하지 않을 건가요?"

기분 좋은 듯이 눈을 감은 채, 그딴 소리를…….

"……뭐, 정말? 다음 달이 생일인 거야? 어, 열네 살? 그럼 너, 로리 캐릭터를 졸업하는 거네?"

"누가 로리 캐릭터라는 거예요! 그런 캐릭터 만든 적 없다고요! ……아니, 그것보다 왜 그러세요? 왠지 분위기가……."

지금까지는 못난 여동생처럼 여겨왔는데, 이제는 못난 후배 같다는 생각이 들면서…….

"어, 어쩌지. 왠지 이 상황이 좀 부끄럽게 느껴지기 시작했어."

"잠깐만요. 이제 와서 그런 소리 하지 마세요. 카즈마가 그러니까 저도 부끄럽잖아요! 그리고 한 살 차이로 왜 그렇게 태도가 달라지는 건가요? 아니, 부끄러워하면서 제 쪽을 힐끔힐끔 쳐다보지 말아줬으면 좋겠는데요!"

이상하게 갑자기 가슴이 뛰기 시작했다.

아니, 이제 와서 자신이 엄청난 상황에 처했다는 사실을 깨달았다.

"……저기, 왜 너와 내가 같이 목욕을 하고 있는 거야? 잘 생각해보니 이건 꽤 골치 아픈 상황 아냐?"

"왜 이제 와서 그런 소리를 하는 거예요?! 그만 좀 해요! 그리고 왜 갑자기 이 상황을 냉정하게 분석하는 거죠?!"

메구밍은 욕조 안에서 나와 거리를 벌렸다.

나도 메구밍의 반대쪽으로 이동하면서—.

"아니, 그게 말이야. 남이 이 상황을 보기라도 하면 큰일 날 것 같지 않아? 이쪽 세계에도 아청법 같은 게 있는지 모르겠네. 그리고 꼭 이럴 때마다 분위기 파악 못하는 녀석이……."

—라고 말한 순간이었다.

"나 왔어~!"

욕실 밖에서, 분위기 파악 못하는 걸로는 유명한 녀석의 목소리가 들려왔다.

"카즈마가 그런 불길한 소리를 하니까 이런 사태가 벌어진 거예요!"

"어이, 지금은 그런 소리를 할 때가 아니잖아! 아무튼, 우리 둘 중 한 명이 여기서 나가야만 해!"

나와 메구밍은 동시에 욕조 밖으로 튀어나갔다가, 다시 허둥지둥 욕조 안으로 뛰어들었다.

"왜 카즈마도 같이 나가려고 하는 거예요! 그리고 수건이 젖어서 이런저런 데가 보인다고요! 비쳐보인단 말이에요!"

"그건 내가 할 말이야! 아무튼 내가 먼저 나갈 테니 너는 욕조 안에 있어! 그것보다 문은?! 탈의실 문은 잠갔어?!"

"아, 안 잠갔어요! 안 잠갔다고요! 아쿠아라면 틀림없이 이곳으로 올 거예요! 어, 어어어, 어쩌죠?! 어떻게든 해주세요!"

어찌 되었든 간에, 우리 중 한 명이 욕실 밖으로 나가면 이 상황을 얼버무릴 수 있을 것이다!

아쿠아가 이런 모습을 본다면 로리 니트나 로리마 같은 불명예스러운 별명을 지어서 널리 알려댈 게 틀림없다!

"카즈마~! 메구밍~? 다녀왔어! 어서 와~ 라고 말해줬으면 좋겠는데 말이야! 아, 개구리를 판 돈도 받아왔어~!"

아쿠아의 목소리가 점점 가까워졌다.

나는 재빨리 욕조에서 나온 후, 탈의실을 향해 뛰어갔다.

"카즈마~! ……어, 목욕 중이야?"

내가 허둥지둥 뛰는 소리 때문에 아쿠아는 내가 어디 있는지 눈치챈 것 같았다.

탈의실의 문이 열리기 직전, 오른손을 앞으로 내민 나는 몸 안에 있는 모든 마력을 쥐어짜내며 엄청난 집중력을 발휘했다!

"『프리즈』!!!!"

모든 마력을 쏟아 부어 펼친 혼신의 프리즈는 탈의실 문 손잡이를 순식간에 얼렸다. 그리고 모든 마력을 다 써버린 나는 허탈감을 느끼면서 바닥에 쓰러졌다.

"카즈마, 거실 테이블에 두 사람 몫의 돈을 놔둘게! 목욕 끝낸 후에 다 같이 밥 먹으러 가자!"

아쿠아는 그렇게 말한 후, 탈의실의 문을 열어보지 않은 채 다른 곳으로 갔다.

……당연했다. 내가 이곳에 있다는 사실을 알고 있으니, 만화에서처럼 일부러 문을 열어서 알몸을 보려고 할 리가 없었다.

"……카, 카즈마, 괜찮아요? 마력을 전부 써버린 건가요? 아무튼, 위험한 상황이었어요. 그대로 있었다간 꼼짝없이……."

"꼼짝없이 내가 로리콤으로 찍히고 말았겠지. 정말 위험했어……. 아, 메구밍. 미안하지만 내 몸 좀 닦아줘. 마력을 한계까지 쓴 바람에 꼼짝도 할 수 없거든. 이대로 있다간 감기에 걸리고 말 거야."

나는 바닥에 엎드린 채, 메구밍을 쳐다보지도 않으면서 부탁했다. 하지만—.

"……어이, 나와 같이 욕실에 있으면 로리콤으로 찍히고 만다는 게 무슨 소리인지 자세하게 설명해주실까? 손가락 하나 꼼짝할 수 없는데도 입은 여전히 살아있나 보군요!"

"어이, 그만해! 너, 내가 허리에 두른 수건을 벗기고 무슨 짓을 할 생각인 거야?! 색골로 찍히고 싶냐?! 잠깐……! 아, 아쿠아~! 아쿠아~!! 로리 꼬맹이가 날 괴롭혀~!"

6

도움을 요청하는 내 목소리를 들은 아쿠아가 탈의실로 돌입하고, 이런저런 일이 벌어진 끝에 로리 니트라는 칭호를 얻은 후—.

우리는 다크니스 없이 먹는 두 번째 저녁 식사를 쓸쓸히 끝냈다.

—그리고 맞이한 다음날 아침.

"……뭐야. 두 사람 다 이른 아침부터 나간 거야?"

거실로 나온 나는 중얼거렸다.

어젯밤에 두 사람과 상의한 결과, 다크니스가 돌아오지 않은 상황에서 퀘스트를 수행하는 것은 위험하다고 판단했다.

그래서 오늘은 각자 자유행동을 하기로 한 것이다.

……하지만 결국 어제도 다크니스는 돌아오지 않았다.

영주는 다크니스에게 지나치게 집착하고 있다고 들었다. 혹시 아직도 그에게 잡혀있는 걸까.

아니면 뜻밖의 사태라도 벌어진 걸까……?

오늘밤에도 돌아오지 않는다면, 대책을 강구해야겠다는 생각이 들었다.

아침 식사를 만드는 것도 귀찮았기에 뭐라도 사먹을 생각으로 마을 안을 돌아다니던 나는 혼자서 걷고 있는 홍마족 여자애를 발견했다.

그 애는 혼자 걸어 다니면서 노점에서 파는 음식을 둘러보고 있었다.

이윽고 그녀는 꼬치를 파는 노점 주위를 돌아다니며 그곳을 유심히 관찰하기 시작했다.

곧 한 손님이 그 노점에 다가가더니 가게 주인과 담소를 나눈 후, 꼬치구이 세 개를 사갔다.

그 모습을 본 그 여자애는 각오를 다진 듯한 표정으로 노점에 다가가더니, 앞선 손님처럼 꼬치구이를 세 개 샀다.

……아무래도 노점을 처음 이용해보는지라 주문 방법을 몰랐던 것 같았다.

나는 그녀에게 말을 걸지 말지 고민했지만, 행복한 표정으로 꼬치구이를 먹는 모습을 보고 식사를 방해하지 않기로 했다.

"—요즘 들어 이 마을 근처에서 묘한 몬스터가 출몰하고 있는 것 같아. 힘 자체는 그렇게 강하지 않지만……."

"아, 나도 들었어. 이상한 모습을 하고 움직이는 것을 보면 찰싹 달라붙어서 자폭한다는 녀석 말이지?"

나는 적당한 가게에서 아침 식사를 마치고 마을 안을 돌아다니다가 두 모험가가 나누는 이야기를 우연히 들었다.

……묘한 몬스터?

뭐, 나한테 있어서는 이쪽 세계에 존재하는 대부분의 몬스터가 묘하지만 말이다.

그래도 일단 기억해두기로 했다.

그런 생각을 하면서 걷고 있을 때, 나는 아까 봤던 여자애가 이번에는 과녁 맞추기 노점 앞에서 우물쭈물하고 있는 모습을 보았다.

과녁 맞추기라고 해도 일본의 과녁 맞추기와는 조금 달랐다.

화살촉이 뭉툭한 화살과 진짜 활을 이용한 과녁 맞추기였다.

그 과녁 맞추기를 즐기는 손님 중에는 커플이 많았으며, 남성이 경품을 따서 애인에게 주고 있었다.

아무래도 이 주변은 커플들이 자주 다니는 데이트 코스인 것 같았다.

저 노점도 데이트 중인 남녀를 겨냥한 가게일 것이다.

경품만 봐도 일목요연했다.

여자애는 혼자서 과녁 맞추기를 하는 게 부끄러운지 커플 손님들이 없어질 때까지 기다렸다. 그리고 손님이 한 명도 없을 때를 노려 드디어 과녁 맞추기에 도전했다.

하지만 활쏘기에 익숙하지 않은지 몇 번을 했는데도 노리는 경품을 맞추지 못했다.

그 애는 몇 번이나 돈을 내며 도전을 했지만 결국 실패했다. 그리고 커플 손님이 나타나 과녁 맞추기를 시작하자, 그녀는 가게 주인에게 활을 돌려준 후 부끄러워하면서 돌아가려 했다.

……으음.

뭐, 우리 파티에는 저 애의 라이벌이 있고, 딱히 사이가 좋지는 않지만…….

나는 그 애에게 다가가서 인사했다.

"……응? 아! 저기, 카즈마 씨. 안녕하세요……!"

—나는 인사를 하는 융융에게는 눈길도 주지 않으면서, 노점의 주인에게 돈을 건넸다.

"저격!"

나는 저격 스킬을 사용해 융융이 노리던 경품을 한 방에 맞췄다.

그리고 화살에 맞아 나를 향해 굴러온, 왠지 동장군을 닮은 그 봉제인형을—.

"받아. 이게 가지고 싶었던 거지?"
약간 폼을 잡으면서 융융에게 건넸다.
내가 융융이라면 반해버렸을지도 모른다는 생각이 들었다.
볼을 붉힌 융융은 그걸 받아도 되는지 잠시 동안 망설인 후—.
환한 미소를 짓더니, 진심으로 기뻐하면서 말했다.
"고…… 고맙습니……!"
"손님, 이러시면 안 돼요. 아처와 저격 스킬 소유자는 사양이라고 간판에 적혀 있잖아요~. 경품은 드리겠지만, 요금을 두 배로 내주세요……."
—가게 주인에게 사과하면서 추가 요금을 건넨 나는, 그다지 멋져 보이지 않았다.

"그, 그럼 나는 우리 파티 멤버들을 찾으러 가볼게. 다음에 또 봐."
좀 부끄러워진 나는 융융을 향해 한손을 들면서 그렇게 말한 후, 그 자리를 벗어나려 했다.
"예? 아……. 저기……."
융융은 나를 잡으려는 것처럼 한손을 내밀다가…….
다시 손을 거두고, 내가 준 봉제인형을 양손으로 꼭 끌어안으면서 고개를 꾸벅 숙였다.
"저, 저기, 동장군, 따주셔서 고마워요!"

저 봉제인형은 역시 동장군이었구나.

나는 동장군한테 살해당한 적이 있어서 저 봉제인형을 향해 진짜 화살을 쏘고 싶은 충동을 느꼈지만, 융융이 기뻐하는 것 같으니 그냥 참기로 했다.

—나는 융융과 헤어진 후, 다시 마을을 산책하며 동료들을 찾아보았다.

내 동료들은 하나같이 눈에 띄는 녀석들이니 금방 찾을 수 있을 거라고 생각했지만…….

"자, 다음 도전자! 다음 도전자는 없습니까~?"

그 목소리를 듣고 고개를 돌려보니, 사람들이 몰려 있는 곳이 눈에 들어왔다.

흥미가 생겨서 그쪽으로 가보니, 그곳에는 하나같이 건장한 사람들만 몰려 있었다.

그리고 그곳에서는—.

"좋아! 다음은 내 차례다!"

그렇게 말하면서 나선 이는 모험가로 보이는 우락부락한 거한이었다.

평상복 차림이라 직업은 알 수 없지만, 체격으로 볼 때 전위(前衛) 직업이 틀림없어 보였다.

"타아아아아아아아아앗!"

그 남자는 노점상이 준비한 해머를 들더니 기합을 지르면서 그 해머를 휘둘렀다.
그가 휘두른 해머의 표적은 어떤 돌이었다.
해머가 그 돌과 부딪히자 조그마한 불똥이 튀었다.
그리고 해머를 맞은 그 돌은—.
"젠장, 멀쩡하잖아……."
거한이 분통을 터뜨리면서 말한 대로, 그 돌에는 작은 금도 생기지 않았다.
그 모습을 본 노점상은 큰 목소리로 말했다.
"이번 형씨한테도 무리였습니다! 자, 다음 상금은 12만 5천 에리스! 참가비는 1만 에리스예요! 손님 한 명이 실패할 때마다 5천 에리스 씩 상금이 늘어납니다! 완력에 자신 있는 분 안 계신가요? 마법을 써도 괜찮습니다! 이것은 아다만타이트! 이걸 파괴한 사람은 일류 모험가를 자칭해도 된다고 일컬어지고 있죠! 자~, 자신의 실력을 시험해보고 싶지 않습니까?!"
아하~. 진짜 별의별 장사를 다 하고 있네.
나도 장사를 할 생각을 하고 있는 사람이기에 이런 것도 꽤 공부가 되었다.
하지만 내 스킬이나 완력으로는 저걸 부술 수 없을 것이다.
……문득 별 생각 없이 주위를 둘러보던 나는, 하루 만에 같은 사람을 세 번 보고 말았다.
"…………융융, 또 만났구나."

주먹을 말아 쥔 채 조마조마하면서 모험가가 해머를 휘두르는 모습을 쳐다보는 융융을 본 나는, 이번에는 자연스럽게 그녀에게 말을 걸었다.

메구밍의 자칭 라이벌이니 나까지 적대할지도 모른다고 생각했지만, 아까 전의 반응으로 볼 때 나를 그렇게 싫어하는 것 같지는 않았다.

나를 본 융융은 눈을 반짝이면서 반가운 목소리로 말했다.

"앗! 카즈마 씨! 아까는 고마웠어요! 참, 저기 좀 보세요! 아다만타이트 부수기예요!"

홍마족의 마을에는 이런 게임을 하는 노점이 없는 것일까.

"융융은 상급 마법을 쓸 수 있지? 한 번 도전해보지 그래? 마법을 써도 된다잖아."

"저한테는 무리예요……. 아다만타이트를 부술 수 있는 건 엄청난 파괴력을 지닌 폭발계 마법뿐이죠. 폭렬마법은 아니더라도, 폭발마법 혹은 작렬마법은 써야……."

내 말을 들은 융융은 그렇게 말하면서 쓴웃음을 지었다.

우리가 그런 이야기를 나누는 사이에도, 다른 도전자들이 나섰다가 참가비만 날려댔다.

어느새 상금은 20만 에리스를 넘어섰다.

구경꾼이 점점 늘어나자, 노점상 아저씨는 분위기를 더 띄우려는 것처럼 목청껏 외쳤다.

"이 마을 모험가에게 아다만타이트를 부수는 건 무리인

건가요?! 기동요새 디스트로이어도 파괴했다는 이야기를 듣고 일부러 이 마을에 왔는데 말이죠! 자~ 아무도 이 아다만타이트를 파괴하지 못한 채 끝나는 걸까요! 자~ 자~ 자~! 다른 도전자는 없습니까?!"

노점상이 도발에 가까운 발언을 해대자, 모험가들이 서로의 등을 떠밀며 빨리 해보라고 재촉했다.

이게 노점상의 작전이라는 것은 알지만, 이대로 아무도 성공하지 못하는 게 분한 것이리라.

—그 자리에 있는 모험가들이 서로의 얼굴을 쳐다보는 가운데.

인파 사이에 있던 한 소녀가 앞으로 나섰다.

평소와 달리 외출용 검은색 원피스 차림인 나의 파티 멤버는 그대로 당당히 가슴을 펴더니, 디스트로이어와 싸울 때처럼 잘난 척하는 얼굴로 말했다.

"—주인공, 등장."

노점상에게 그렇게 말한 메구밍을, 나와 이곳에 있는 모험가들이 꼼짝 못하게 허둥지둥 붙들었다.

7

"어이, 아직 아무 짓도 하지 않은 여자애에게 이런 짓을 하는 건 너무 하지 않느냐?"

나는 메구밍이 영창을 시작하면 바로 입을 틀어막을 수 있도록 그녀의 등 뒤에서 목을 잡고 있었다.

그리고 건장한 모험가들이 그녀의 양팔을 힘껏 움켜쥐었다.

"어이, 아저씨. 이 녀석에게 들켰으니 이 장사는 이제 관둬! 이 녀석이 바로 그 소문 자자한 폭렬광(爆裂狂)이야. 이 장사는 이 녀석의 심금을 지나치게 자극한다고!"

내가 그렇게 외치자, 노점상 아저씨는 새파랗게 질린 얼굴로 허둥지둥 장사를 접기 시작했다.

그 모습을 본 메구밍이 버둥거리기 시작했다.

"아앗! 파괴할 수 있는데! 내 폭렬마법이라면, 틀림없이 파괴할 수 있는데!"

"도망쳐! 빨리, 빨리 도망치라고, 아저씨!"

"히이이이이익!"

짐을 다 정리한 노점상 아저씨는 허둥지둥 도망치기 시작했다.

메구밍은 아쉬운 눈길로 그 모습을 지켜보고 있었다.

메구밍은 그 아저씨가 무사히 도망친 것을 확인한 후에야 풀려났다.

사람들이 흩어지는 가운데, 나는 메구밍에게 말했다.

"……하아. 내가 눈을 뗀 사이에 사고를 치는 건 아쿠아만으로 충분하다고. 그것보다, 아쿠아와 같이 있는 거 아니었어?"

"아, 가볼 데가 있다기에 따로 행동하기로 했어요. 요즘 디스트로이어를 퇴치하고 받은 보수의 경제 효과 때문에 이 마을에 많은 사람들이 몰려오고 있잖아요. 아까 노상 퍼포먼스로 돈을 버는 사람도 있었는데, 아쿠아가 옆에서 더 엄청난 재주를 공짜로 선보이고 있더라고요. 그 바람에 그 곡예사는 울음을 터뜨렸죠."

아, 안 됐네…….

좀 도와주고 싶다는 생각이 들었지만, 또 소동에 휘말리고 싶지는 않았다.

미안하지만 아쿠아는 그 노상 퍼포먼스 곡예사에게 떠맡기기로 했다.

바로 그때, 메구밍이 내 소매를 잡아당겼다.

"기왕 이렇게 된 거 같이 마을을 돌아보지 않을래요? 저쪽에서도 방금 그 노점상과 비슷한 장사를 하는 사람이 있었어요. 그 사람의 눈앞에서 어슬렁거려서 겁을 줄 생각이에요."

"나는 네가 폭렬광인 점만 빼면 훨씬 상식적이고 평범한 애인 줄 알았어."

그런 소리를 하며 이동하려 하는 나와 메구밍의 뒤편에서 작은 목소리가 들려왔다.

"아……."

고개를 돌려보니, 융융이 쓸쓸한 표정으로 우리를 쳐다보고 있었다.

“……같이 갈래?”

융융은 내 말을 듣고 한 순간 기쁜 표정을 지었지만, 메구밍을 보더니 화들짝 놀란 표정을 지으며 고개를 저었다.

“나, 나는 메구밍에게 이기기 위해 이 마을에 왔지, 친해지려고 온 게 아니에요! 아까 경품을 따준 건 진심으로 감사하고 있어요. 고맙습니다! ……하지만 같이 갈 수는 없어요!”

그렇게 말하면서 재수 없는 디자인의 봉제 인형을 꼭 끌어안은 융융은 우리에게서 한 걸음 떨어졌다.

“들었죠? 자, 가요. 카즈마.”

“그, 그래…….”

나와 메구밍은 우리를 거절하듯 뒤돌아선 융융과 헤어졌다.

“……하아…….”

잠시 후, 쓸쓸함이 섞인 한숨을 내쉰 융융은 고개를 푹 숙인 채 털레털레 걸음을 옮겼다.

그리고 융융은 누가 뒷머리를 잡아당긴 것처럼 어깨 너머로 힐끔힐끔 뒤쪽을 쳐다보았다.

……그러자, 융융의 몇 걸음 뒤편에서 근처 노점에서 산 크레페 같은 음식을 먹으며 당당히 따라가고 있는 우리와 그녀의 눈이 마주쳤다.

“…………으, 으음. 왜 따라오는 거야?”

"여전히 외톨이인 융융의 쓸쓸해 보이는 면상을 감상할 거야."

융융은 그 말을 듣자마자 메구밍에게 달려들었다.

8

"융융은 홍마족이면서 자신의 이름을 부끄럽게 여기는 이상한 애예요. 학교에서는 언제나 혼자서 밥을 먹었죠. 쓸쓸히 밥을 먹는 융융 앞을 보란 듯이 어슬렁거리면, 항상 기쁜 듯이 저한테 도전을 했다니까요……."

"자, 잠깐만! 그, 그렇게 심각하지는……, 않았다고…… 생각……. 뭐, 뭐어, 매일같이 너한테 도전하기는 했지만, 딱히 외톨이는 아니었어. 친구도 있었단 말이야."

우리 셋은 이야기를 나누면서 마을 외곽으로 향하고 있었다.

이야기 끝에 이 두 사람이 또 승부를 하게 되었기 때문이다.

한편, 메구밍은 융융이 방금 한 말을 듣더니 그대로 걸음을 멈췄다.

"방금 흘려들을 수 없는 말을 들은 것 같은데요……. 융융에게, 친구가……?"

"왜, 왜 그런 반응을 보이는 거야?! 나한테도 친구가 있다구! 메구밍도 기억하지? 후니후라 양과 도돈코 양 말이야! 『우리 친구 맞지?』 같은 말을 하면서 항상 내 돈으로 밥을 먹으러 다녔던…….”

어이, 그만해. 더는 듣고 싶지 않다고.

……즉, 이 애는 괴짜 투성이인 홍마족 마을에서 유일하게 정상적인 사고방식을 지니고 있었기 때문에 주위로부터 고립되었던 거냐.

정말 불쌍하네…….

“오늘은 무엇으로 승부할 거죠? 저는 폭렬마법밖에 쓸 줄 모르니까 마법승부는 피하고 싶은데요.”

“……그렇구나. ……라기 보다, 이제 그만 다른 마법도 익혀. 스킬 포인트도 어느 정도 늘었을 거 아냐.”

“늘었죠. 하지만 전부 《폭렬마법 위력 상승》과 《고속영창》에 투자…….”

“바보! 왜 그렇게 폭렬마법에 집착하는 거야!”

내 말이 그 말이라고…….

“아무튼 곤란하게 됐네……. 그럼 무엇으로 승부하지…….”

메구밍이 고민 중인 융융에게 말했다.

“뭐로 승부하든 상관없어요. 저는 이제 승부 같은 것에나 집착하는 어린애가 아니거든요.”

로리 소녀가 여유 넘치는 목소리로 그렇게 말하자, 융융이 입가를 일그러뜨렸다.

“뭐? 어린애가 아냐? 그러고 보니 예전에 나와 발육 승부를 한 적이 있었잖아. 어린애가 아니라면 그 승부를 또 해도 괜찮겠지?"

융융이 도발하듯 그렇게 말하자, 메구밍은—.

"아, 어린애가 아니라는 건 다른 의미에서 어린애가 아니라는 뜻이에요. 저는 이미 여기 있는 카즈마와 목욕을 함께 한 사이거든요."

"뭐?!"

"자, 잠깐만! 인마, 남들 앞에서 그 이야기는 하지 말라고!"

"어?!?!?!"

나와 메구밍의 대화를 듣고 얼굴을 새빨갛게 붉힌 융융은 입을 뻐끔거리면서 잠시 동안 딱딱하게 굳은 후—.

"……오, 오늘은 내가 진 걸로 해두겠어어어어엇!"

……울면서 그렇게 말하더니, 어딘가로 사라졌다.

남겨진 나와 메구밍은 잠시 동안 그 자리에 서있었다.

이윽고 메구밍이 뭔가를 꺼내 글자를 쓰기 시작했다.

자세히 보니 그것은 메모장 같은 것이었다.

메구밍은 그것에 오늘 날짜와 흰색 ○을 표기한 후 말했다.

"오늘도 이겼네요."

"너, 너. 정말 이걸로 만족하는 거냐……?"

—울면서 돌아가는 융융을 배웅한 후, 나와 메구밍은 저

택으로 향했다.

“아, 어서와. 저기, 이거 좀 봐. 마을에서 곡예를 하던 사람이 자기한테는 필요 없다면서 이런 걸 줬어. 이제 시골로 돌아가서 가업인 농사일을 이어받을 거래. 뭐가 어떻게 된 건지는 잘 모르겠지만, 나는 정말 운이 좋다니깐!”

집에 돌아와 보니, 거실 소파에서 저글링에 쓰는 고리를 쥔 아쿠아가 기뻐서 어쩔 줄을 몰라 하고 있었다.

곡예사의 자존심을 짓밟고 받아온 거냐.

남의 인생을 엉망으로 만들지 말라고 말해주고 싶었지만…….

“다크니스는 아직 돌아오지 않았네요. ……오늘 밤에는 돌아오겠죠?”

메구밍은 저글링을 하고 있는 아쿠아를 쳐다보면서 중얼거리듯 말했다.

—하지만 결국 오늘도 다크니스는 돌아오지 않았다.

이 귀족 영애에게 좋은 인연을!

1

“어이, 아쿠아. 매번 똑같은 말을 하는 것도 귀찮지만, 거기서 비켜. 다크니스가 돌아오지 않았으니 오늘도 퀘스트는 쉴 거야. 나는 지금부터 위즈의 가게에서 팔 상품을 설계해야 하니까 자리 좀 비켜달라고.”

내가 그렇게 말하자, 난로 앞 소파 위에서 무릎을 꼭 끌어안은 채 졸고 있던 아쿠아가 말했다.

“왜 그렇게 짜증이 난 거야? 아무리 다크니스가 돌아오지 않는다고 해도 요즘 신경이 너무 곤두선 거 아냐? ……그것보다 메구밍이 융융이라는 애와 대결하면서 괜찮은 소리를 했다면서? 매사에는 대가가 필요하다는 소리 말이야. 이 따뜻한 장소를 양보해주기를 원한다면, 그 대신 내가 만족할 만한 것을 바쳐. 으음, 구체적으로 예를 들자면…….”

그렇게 말한 후, 아쿠아는 잠시 동안 고민했다.

“……그대, 신이 머무는 자리를 갈구하는 자여……. 비싼 술을 나에게 바치거라. 그러면 방황하는 니트에게 따뜻한 빚을 내려주겠노라."

이 녀석, 확 두들겨 패버릴까.

그리고 메구밍도 문제야. 이런 바보한테 쓸데없는 지식을 주면 어떻게 하냐고.

"어이, 타락 여신. 아침부터 술을 요구할 짬이 있으면 너도 머리 좀 굴려. 대체 왜 내가 혼자서 이렇게 고생을 해야 하냐고. 영주의 저택을 날려버린 탓에 생긴 빚은 내가 어떻게든 갚을 테니까, 너는 홍수 피해 탓에 생긴 빚 좀 어떻게 해. 하다못해 나한테 눈곱만큼이라도 미안한 감정을 느끼고 있다면 빨리 비키라고."

내가 타락 여신이라고 부르자, 아쿠아는 인상을 찡그리며 말했다.

"저기, 잉여신이나 타락 여신 같은 이상한 별명을 나한테 붙이지 좀 말아줄래? 나를 계속 그딴 식으로 부르면 진짜로 천벌을 내릴 거야. 이번 일도 신을 소중히 여기지 않은 카즈마에게 내려진 벌일지도 몰라. 카즈마야말로 나한테 미안한 감정을 느끼고 있다면, 『아름다운 아쿠아 님, 죄송합니다』라고 말하면서 비싼 술을 바쳐. 자, 빨리 사오라구. 빨리 사오란 말이—."

"『스틸』."

나는 소파 위에서 무릎을 끌어안은 채 응석을 부리는 아쿠아를 향해 한손을 내밀면서 스킬을 사용했다.

그러자 앞으로 내민 내 손 위에 짤랑 하는 소리를 내면서 아쿠아의 지갑이 생겨났다.

"……뭐하는 거야, 이 도둑놈아. 현행범이야. 경찰에게 넘기면 네 유예 기간도 없어지겠네. 꼴좋다, 이 범죄자야! 술 살 돈이 필요했던 거야? 내가 아까 한 말은 카즈마가 자비로 술을 사오라는 뜻이었—."

"『스틸』."

나는 뭐라 뭐라 지껄여대는 아쿠아를 향해 또 스틸을 사용했다.

내 손에는 아쿠아가 신고 있던 양말 한 짝이 놓였다.

여전히 무릎을 감싸 안고 있던 아쿠아는 양발을 빼앗긴 탓에 훤히 드러난 발가락을 항의하듯 꼼지락거렸다.

"……뭐하는 거야. 춥잖아. 양말 돌려줘, 이 변태야. 빨리 안 돌려주면 경찰을 불러서 내 양말을 훔쳐서 하악하악거리는 사람이 있다고 말해버릴 거야. 알았으면—."

"『스틸』."

아쿠아는 대체 어디에 쓰려고 이런 걸 가지고 있는 걸까.

스틸을 사용한 내 손바닥 위에 뭔가의 씨앗이 놓였다.

그것을 본 아쿠아는 불안 섞인 표정을 지었다.

"저, 저기, 카즈마. 이런 지나친 장난은 하지 않는 편이 좋다고 생각해. 나도 좀 말이 심했던 것 같아. 반성할게. 그러니 서로에게 사과하고 화해하자. 응?"

"『스틸』."

나는 손바닥 위에 놓인 아쿠아의 남은 양말 한 짝을 융단 위로 팽개쳤다.

그리고 아쿠아를 향해 천천히 말했다.

"……후딱 돈을 마련해올 테니까 신구(神具)라는 그 날개옷을 내놔. 팔아치워 버리겠어. 나한테 벗겨지고 싶지 않으면, 다른 방에 가서 직접 벗어. ……뭐, 어차피 그것도 싫다고 할 게 뻔하니까, 지금 이 자리에서 벗겨주지."

내가 앞으로 내민 손의 손가락을 꼼지락거리면서 그렇게 말하자, 아쿠아의 표정이 딱딱하게 굳었다.

"무슨 소리를 하는 거야? 이 날개옷은 여신인 나의 아이덴티티 같은 물건이니까 절대 팔 수 없어. 바보지? 그래서 바보 같은 소리 하는 거지? 그딴 농담 하나도 웃기지 않—."

"『스틸』."

"아아아앗! 카즈마 니이이임~!! 헛소리해서 미안! 그러니까 그만해! 그만하라구~!"

—몇 분 후.

"흑…… 훌쩍……. 흐흑…… 훌쩍……."

무릎을 끌어안은 채 소파에 앉아있는 아쿠아는 무릎 사이에 얼굴을 묻고 있었다.

그런 그녀의 모습은…….

—맨발이라는 점을 제외하면, 평소와 다름없었다.

"제, 젠장, 너는 왜 하필 이럴 때만 악운이 더럽게 강한 거야……. 그리고 이 산더미 같은 잡동사니는 대체 어디에 쓰는 건데……."

내 발치에는 아쿠아에게서 스틸한 대량의 잡동사니가 굴러다니고 있었다.

연회용 장기자랑에 쓰이는 걸로 보이는 씨앗과 컵, 그리고 유리구슬…….

마치 어린애 호주머니 안에 있는 물건들을 전부 꺼내서 융단 위에 흩뿌려놓은 것 같았다.

젠장, 이 녀석 때문에 쓸데없이 마력을 소모하고 말았다.

"꼭두새벽부터 왜 이렇게 시끄러운 거예요?"

울고 있는 아쿠아 앞에 멍하니 서있는 나에게, 퀘스트를 수행하러 가는 듯한 복장을 하고 나타난 메구밍이 말을 걸었다.

"훌쩍……. 카즈마가……. 빚을 갚기 위해…… 팔아치워 버리겠다면서……. 내 옷을 억지로 벗기려고……."

"어, 어이, 그만해. 그렇게 단편적으로만 설명하면 괜한 오해를 살 거라고! 자, 잘못했어. 나도 사과할게. 그러니까 메구밍도 그런 눈으로 나를 쳐다보지 마! 이 녀석의 장비를 팔려고 했을 뿐이란 말이야!"

아쿠아가 울고, 메구밍이 나를 경멸하는 눈빛으로 쳐다보는, 그런 평소와 다름없는 아침.

"크, 큰일 났다! 카즈마, 진짜로 큰일 났어!"

한 미녀가 평화로운 분위기를 산산이 부수면서 느닷없이 나타났다.

청초한 이미지를 자아내는 순백의 고급 드레스를 입고, 새하얀 하이힐을 신었으며, 길고 아름다운 금발을 하나로 땋아서 한쪽 어깨에 걸친, 상류층 아가씨 같은 사람이었다.

그런 청초한 옷차림도 그녀의 매혹적인 몸매를 완전히 감추지는 못했다.

처음 보는 그 미녀는 초면인 내 이름을 외쳐대고 있었다.

"……당신, 누구야?"

"뭐……?! 큭……! 카즈마! 지금은 그딴 소리나 하고 있을 때가 아니다! 그런 플레이는 나중에 해라!"

눈앞에 있는 청초한 미녀가 볼을 붉히면서 입에 담은 발언 덕분에, 나는 상대가 누구인지 그제야 눈치챘다.

"뭐야. 너, 다크니스야? 이제야 돌아오면 어떻게 해! 엄청 걱정했잖아!"

내가 그렇게 말하자, 울고 있던 아쿠아가 주저 없이 외쳤다.

"우에에에에엥! 다크니스, 카즈마가아아아아아! 카즈마가, 나를 억지로 벗겨서, 내 가장 소중한 걸 팔아버리겠다고……!"

"어이, 그만해! 그딴 식으로 말하면 진짜로 오해를 살 거라고!"

나와 아쿠아가 떠드는 사이, 메구밍이 다크니스에게 말을 걸었다.

"어서 와요, 다크니스. 무슨 일이 있었는지는 묻지 않을게요. 자, 우선 천천히 목욕이라도 한 후, 몸과 마음에 난 상처를 치유하세요."

"……응? 목욕? 메구밍, 무슨 소리를 하는 거지? 그리고 지금은 아쿠아가 말한 특수 플레이가 더 신경 쓰인다만……."

드레스 차림인 다크니스는 나와 아쿠아를 힐끔힐끔 쳐다보면서 안절부절 못했다.

"잠꼬대 같은 소리는 그만하고 오늘은 푹 쉬어. 이렇게 돌아온 것만으로도 다행이잖아. 자, 따뜻한 물에 몸을 담근 채 얼마든지 울도록 해."

"그러니까, 아까부터 무슨 소리를 하는 것이냐! 왜 내가 울어야만 하는 거지?! 왜 목욕을 해야……. 아쿠아, 왜 내 드레스 자락을 잡아당기는 것이냐?"

어느새 울음을 그친 아쿠아가 순백색 드레스의 천을 잡아당겨서 살펴본 후 말했다.

"……틀림없어. 고급 드레스야. 영주가 서비스로 준 게 틀림없어."

"다크니스……. 너, 영주를 엄청 만족시켜줬구나……. 나 때문에 정말 고생 많았어……."

내가 다크니스를 향해 돌아서면서 그렇게 중얼거리자—.

"바보! 너희는 대체 무슨 착각을 하고 있는 것이냐! 나는 영주에게 이상한 일을 당하지 않았고, 이 드레스도 내 것이다! 혹시 내가 영주에게 노리개 취급을 당하느라 돌아오지 않는다고 생각했던 것이냐?!"

"그래. 지금쯤 이런저런 일을 당하고 있을 거라고 생각했다고. ……영주에게 받은 게 아니라면, 이 비싸 보이는 드레스는 대체 어디서 난 거야? 방금 자기 거라고 했지? 혹시 상류층 아가씨 코스프레 같은 새로운 장르라도 개척하고 있는 거야?"

"아니다!! 코, 코스프레가 아니다! 걱정을 끼친 건 미안하다. 하지만 그 영주도 나한테 그런 말도 안 되는 요구를 할 배짱은 없다. ……그것보다, 우선 이것을 봐다오!"

다크니스는 그렇게 말하면서 나에게 앨범을 내밀었다.

아니, 그것은 앨범이 아니라…….

"……이건 뭐야? 어? 이 미남은 누구야? 보기만 해도 짜증이 확 치솟네."

나는 시원시원한 느낌의 미남이 찍힌 그 앨범을 무의식적으로 찢어…….

"앗?! 맞선 사진에 무슨 짓을 하는 것이냐! 그런 짓을 했다간 맞선을 거절할 수가 없단 말이다!”

뭐?!

“응? 아, 미안! 왠지 손이 무의식적으로…… 그것보다, 맞선 사진?”

나는 맞선 사진을 든 채 고개를 갸웃거렸다.

“그렇다! 알다프 자식이 약아빠진 수를 썼다! 부탁을 들어주겠다고 하기는 했지만, 말도 안 되는 요구를 하면 내 아버지가 단칼에 거절했을 것이다. 그래서 그렇게 말했던 건데…….”

당황한 다크니스는 안절부절 못했다.

“자, 자, 잠깐만 있어봐. 좀 제대로 설명해보라고. 이 미남은 대체 누구야? 아니, 원치 않는 상대와의 결혼 또한 충분히 말도 안 되는 요구 아냐? 그리고 그 영주와 이 맞선 사진의 미남은 어떤 관계인데? 아니, 그렇게 싫다면, 그러니까, 다크니스의 아버님에게 거절해달라고 하면 되잖아? 맞선 사진은 내가 원상복구시킬게. 아쿠아. 미안하지만 밥풀 좀 가지고 와줄래?”

“오케이~.”

밥풀을 가지러 뛰어가는 아쿠아를 지켜본 후, 나는 울상을 짓고 있는 다크니스를 진정시키기 위해 소파 자리를 권했다.

“맞선 사진에 찍힌 사람은 알다프의 아들이다. 알다프 자식, 자신이 나에게 결혼을 청해봤자 거절당할 게 뻔하다는 걸 알고 있는 거겠지. 하지만 내 아버지는 알다프의 아들만큼은 높이 평가하고 계신다. 뭐랄까, 이 결혼에 가장 긍정적인 사람이 바로 내 아버지다. 알다프가 왜 자신의 아들과 나를 결혼시키려는 건지 이해가 안 되지만……."

다크니스는 그렇게 말하면서 소파에 앉더니, 어질러져 있는 테이블 위를 쳐다보았다.

밥풀을 가지고 돌아온 아쿠아는 다크니스의 옆에 앉더니, 소파 앞 테이블에 놓여 있는 맞선 사진을 멋대로 복구하기 시작했다.

아쿠아가 작업 중인 테이블 구석에는 내가 가지고 온 설계도가 어지럽게 놓여 있었다. 다크니스는 그 중 하나를 들더니 무척 흥미 있게 쳐다보았다.

"……뭔가 신기한 게 그려져 있구나. 이게 뭐지?"

메구밍이 현관 앞에서 부츠를 신으면서 대답했다.

"실은 다크니스가 없는 사이에 여러모로 돈 벌 궁리를 하고 있었어요. 그리고 그건 카즈마가 고안한 편리한 아이템들이죠. 그걸 위즈의 가게에서 판매할 계획인 것 같아요."

"호오. 그러고 보니 카즈마는 행운치가 높았지. 확실히 장사가 적성에 맞을지도 모르겠구나."

"요즘 들어서는 내가 운이 좋다는 것에 의문이 들어. 진짜로 내가 운이 좋다면, 좀 더 쓸 만한 동료들이 생기고, 빚을 진다거나 귀찮은 일에 휘말리지도 않으면서, 편안한 생활을 해야 하지 않을까?"

내가 그렇게 말하자, 다른 세 사람이 움찔했다.

"내, 내가 이렇게 맞선 때문에 골치아파하는 건 카즈마를 감싼 탓이다! 무, 물론 이걸로 생색을 내려는 건 아니지! 동료는 도움을 주고받는 사이니까 말이야! 평소에 폐를 끼치는 만큼, 이럴 때 내가 너를 도와주는 것도 당연한 일이라고 생각한다!"

그렇게 외친 다크니스의 볼을 타고 한 줄기 땀방울이 흘러내렸다.

"저, 저는, 융융과 약속이 있어서 나가봐야해요! 시, 실은 말이죠! 융융과 머리를 맞대고 카즈마의 혐의를 풀 좋은 방법을 찾아볼 생각이에요……!"

현관에 있던 메구밍은 내 시선을 피하면서 그렇게 말했다.

그래서 아까부터 외출 준비를 했던 거구나.

"카즈마의 혐의는 다른 사람들이 풀어줄 것 같으니까, 나는 화장실 청소나 해야지! 별다른 이유가 있는 건 아니지만, 왠지 화장실이 신경 쓰이거든! 물과 관련된 건 나한테 맡겨줘!"

사진 복구 작업을 내팽개치더니, 이 자리에서 도망치듯 화장실 청소를 하러 가는 화장실의 여신님.

—다들 흩어져서 도망치는 가운데…….

다크니스는 다른 이들을 잡으려는 것처럼 손을 꼼지락거리면서, 우리를 향해 울 것 같은 표정으로 말했다.

"어, 어쩌면 좋지? 저기……. 나는 점점 추진되는 맞선을 저지해보려고 노력하느라 며칠 동안 이 저택에 돌아오지 못했던 것이다. ……사실 지금 이곳에 온 것도……. 마, 맞선이, 오늘 점심에 잡혔기 때문이지. 이제 정말 시간이 없다. 미안하지만, 누가 나와 함께 내 아버지를 설득해주지 않겠느냐?"

2

"……즉, 이렇게 된 건가요? 다크니스의 아버지는 딸이 위험한 모험가 일을 관두게 하기 위해 전부터 틈만 나면 맞선을 주선한 거군요. 그리고 다크니스는 아직 결혼을 하고 싶지 않아서 지금까지 그 맞선들을 전부 거절해왔던 거구요?"

부츠를 신은 메구밍은 현관 앞에 깔린 융단에 앉으면서 말했다.

다시 테이블 앞에 앉은 아쿠아는 사진 복구 작업을 재개했다.

사진을 찢은 내가 하려고 했지만, 아쿠아는 매우 즐거운 듯이, 게다가 꽤나 깔끔하게 복구하고 있었기에 그냥 맡겨두기로 했다.

이 녀석은 이런 쓸데가 없는 일은 유독 잘한다니깐…….

"……음, 그렇다. 솔직하게 말해, 나는 지금 생활에 만족하고 있다. 이 일을 계속하면서 모험가로서 명성을 쌓으면, 이윽고 사악한 마도사나 마왕군의 수하들이 나에게 눈독을 들이겠지. 그리고 필사적으로 저항한 끝에 그들에게 잡힌 나는 당치도 않은 일을 당할지도 모른다. 분명 내 손발을 꼼짝 못하게 묶은 후, 그대로 옷을……! 크……! 하지 마라……!"

"너는 그냥 은퇴하고 시집이나 가는 편이 나을 것 같은데?"

망상에 사로잡힌 다크니스가 얼굴을 새빨갛게 붉힌 채 온몸을 배배 꼬자, 나는 그녀와 약간 거리를 벌렸다.

메구밍이 지팡이를 흔들면서 이상하다는 듯이 말했다.

"그렇군요. 평소에는 다크니스의 아버지가 주선한 맞선이라 거절할 수 있었지만, 이번에는 그 어떤 부탁이든 들어주겠다고 약속한 영주가 주선한 맞선이죠. 다크니스의 아버지도 긍정적이고, 영주도 긍정적이니, 맞선을 거절할 수가 없는 건가요. 하지만 영주가 이렇게 번거로운 짓을 하면서 다크니스에게 집착하는 이유가 뭘까요? 게다가, 아들의 아내로 삼으려는 이유도 모르겠어요. 영주 정도의 지위를 지닌 사람이라면 강제로라도 다크니스를 첩으로 들일 수 있을 텐데요."

그 말을 들은 다크니스는 고개를 숙였다.

그리고 두 손을 가슴 앞으로 모으더니, 잠시 동안 손가락을 꼼지락거린 후 입을 열었다.

"……내, 내 본명은 더스티네스 포드 라라티나라고 한다. 즉, 그러니까……. 꽤 지위가 높은 귀족의 딸이다……."

""""뭐어?!""""

우리 셋이 깜짝 놀라자, 다크니스는 한 순간 쓸쓸한 얼굴을 내비쳤다. 그리고 괴로워하듯 표정이 어두워졌다.

아마 예전에도 이름을 밝혀서 남들을 놀라게 한 적이 있는 것이리라.

"더스티네스라면……! 꽤 정도가 아니라 엄청 지위가 높은 귀족이잖아요! 이 나라의 기둥이라고 불리는 그 더스티네스?! 이 마을에 살고 있는 그 엄청난 귀족의 딸이에요?!"

메구밍이 놀란 목소리로 그렇게 말하자, 다크니스는 작은 목소리로 대답했다.

"……그렇다."

그 뒤를 이어 아쿠아가 입을 열었다.

"정말?! 그럼 다크니스네 집의 자식이 되면 매일같이 데굴거리면서 사치를 부릴 수 있는 거야?!"

아쿠아가 당치도 않은 소리를 하자, 다크니스는 약간 당황했다.

"그, 그렇다……. 뭐, 뭐어, 우리 가문은, 현재 양녀를 들일 생각이 없지만……."

나는 당황한 다크니스에게 가장 중요한 태클을 날렸다.

"다크니스, 너……! 평소에는 진지병 걸린 기사 말투를 쓰면서! 본명은 라라티나 같은 귀여운 이름이었던 거냐!!"

"라, 라라티나라고 부르지 마라……!"

얼굴이 새빨개진 라라티나는 울상을 지으면서 고함을 질렀다.

너무 놀란 나머지 벌떡 일어난 메구밍은 다시 현관 앞에 깔린 융단에 걸터앉으면서 말했다.

"휴우……. 뭐, 놀라기는 했지만 다크니스는 다크니스잖아요. 저에게 있어 다크니스는 무지무지 튼튼한 크루세이더이자 소중한 동료. 그 이상도 그 이하도 아니에요."

메구밍이 그렇게 말하자, 다크니스는 약간 기쁜 듯한 표정을 짓더니—.

"…………음, 앞으로도 잘 부탁한다……."

……그렇게 말하면서, 안도 섞인 미소를 지었다.

그런 두 사람을 본 아쿠아는 희희낙락하면서 자기 자신을 손가락으로 가리켰다.

"……저기, 나도 깜짝 놀랄 만한 사실을 밝혀도 돼? 저기, 일전에는 너희 둘 다 믿지 않았지만, 나……. 실은, 진짜 여신이야!"

""그렇구나, 대단하네!""

"좀 믿어달라구~!!"

아쿠아는 그렇게 투덜대면서 맞선 사진 복구 작업을 계속 했다.

나는 그런 세 사람을 보면서 생각에 잠겼다.

이걸로 이런저런 것들이 이해가 되었다.

다크니스가 때때로 일본인인 나보다 이쪽 세상의 물정에 어두웠던 이유도, 그리고 이런 코스프레를 하고 있는 이유도 말이다.

영주가 자신의 아들과 다크니스를 결혼시키려는 것은 정략적인 의미에서일까.

어쩌면 자신의 것으로 만들 수 없다면 하다못해 한 지붕 밑에 두고 싶은 걸지도 모른다.

이대로 내버려두면, 우리의 소중한 다크니스가 시집을 가고 말 것이다.

소중한………… ……응? …………어라?

"그럼 이걸 들고 가서 다크니스의 아빠를 설득해야겠네. 자, 받아. 어때? 완벽하지?"

뭔가가 마음에 걸려 생각에 잠긴 나에게, 아쿠아는 찢어진 티조차 나지 않을 만큼 완벽하게 복구된 사진을 잘난 척하는 표정으로 건네줬다.

……잠깐만. 다크니스가 시집을 간다고?

그건 공격 명중률이 꽝인 우리 파티의 크루세이더가 결혼으로 인해 퇴직을 한다는 것이다.

결혼퇴직. ……그것은 매우 축하할 일이다.
딱히, 필요 없는 애라서 파티에서 쫓아내는 것이 아니다.
딱히, 다크니스를 쫓아내는 것도 아니다.
좀 이상한 구석이 많기는 하지만, 나쁜 녀석은 아니라고 생각한다.
하지만 앞날이 어두컴컴한 우리 파티에, 귀족 영애인 다크니스를 모험가로서 묶어두는 것이 과연 옳은 일일까?
—아니, 옳지 않다.
다크니스가 결혼을 한다면 그녀의 부모님도 안심할 것이다.
사실 나도 다크니스가 걱정됐다.
만에 하나 마왕의 성에 쳐들어간 우리가 위기에 처한다면, 다크니스는 자신을 두고 먼저 가라는 말을 매우 기뻐하면서 하리라.
적에게 잡힌다면 분명 희희낙락하면서 「큭……! 냉큼 죽여라……!」 같은 소리를 무슨 짓을 당할지 기대하면서 외칠 것이다.
그렇다. 즉 이것은 우리 모두가 행복해질 수 있는 길이다!
"그래……. 적당한 이유를 지어낸 후, 이걸 정중히 상대에게 돌려주면서 이런 이유가 있어서 맞선을 볼 수 없다고 사과하면 아버지도 뜻을 꺾으시겠지……. 저기, 누가 나와 같이 가줬으면 좋겠다만……."
내가 들고 있는 완벽하게 복구된 맞선 사진을 본 다크니스는 약간 안도한 표정을 지으면서 우리에게 그런 부탁을 했…….

"바로 그거야아아아아아아아아아앗!"

""""아아아아아아앗?!""""

나는 맞선 사진을 둘로 찢어버렸다.

3

"그럼 저는 융융과 한 약속 때문에 나가볼게요. 카즈마한테 좋은 생각이 있다는 말을 들으니 엄청 불길한 예감이 들지만, 정말 괜찮은 거죠? ……다크니스를 잘 부탁해요."

메구밍은 불안한지 몇 번이나 우리 쪽을 돌아본 후, 누가 머리채를 당기고 있는 듯한 표정을 지으며 외출했다.

나는 메구밍이 외출해서 정말 다행이라고 마음속으로 생각했다.

메구밍, 아쿠아, 다크니스 중에서 이곳에 남아 있을 때 가장 골칫덩이가 되는 인물이 바로 메구밍이기 때문이다.

"으으으으……. 겨우……. 겨우 원상복구시켰는데……."

소파에 앉은 아쿠아는 자신이 고친 맞선 사진이 찢기는 모습을 보고 충격을 받았는지 훌쩍거리고 있었다.

—메구밍을 배웅한 나는 내 등에 꽂히고 있는 강렬한 시선을 감지했다.

그것은 바로 울상을 지은 채 아무 말 없이 나를 노려보고 있는 다크니스의 시선이었다.

그리고 다크니스와 마찬가지로 울상을 짓고 있는 아쿠아의 시선 또한 나에게 꽂히고 있었다.

무, 무시무시하기 그지없네.

"뭐, 일단 진정해. 이게 다 작전이라고."

내가 변명을 하자, 다크니스는 여전히 울상을 지은 채 입을 열었다.

"……그게 무슨 소리지?"

나는 다크니스와 아쿠아에게 설명을 시작했다.

즉, 앞으로도 모험가를 계속하기 위해서는 이 기회에 맞선을 한 번 보는 것이 어떠냐는 이야기였다.

이번에 들어온 영주 아들과의 맞선을 거절해도 다크니스의 아버지는 또 다른 맞선을 주선할 것이다.

다크니스는 그때마다 맞선을 거절할 것인가?

결국 참다못한 다크니스의 아버지가 강제적인 수단을 동원하지 않을까?

그럴 바에야 차라리 맞선을 보기로 한 후, 맞선 자체를 박살내버리는 것이 어떠냐는 작전이었다.

박살을 내더라도 다크니스의 가문에 누가 되지 않도록, 상대가 이 맞선을 거절하게 하는 것이다.

그러면 다크니스의 부모님도 다음 맞선은 신중하게 주선

할 수밖에 없으리라.

몇 번이나 맞선을 보고, 그때마다 상대방에게 거절을 당하는 것은 가문의 수치다.

물론 나와 아쿠아도 고용인으로서 그 맞선 자리에 따라갈 것이다.

그리고 은근슬쩍 다크니스가 맞선 상대에게 미움을 받을 수 있도록 돕는 것이다.

게다가 이번 맞선 상대는 악명 높은 영주 가문의 자제다.

본보기 삼아 맞선을 박살내더라도, 다른 귀족과의 맞선을 박살내는 것보다는 더스티네스 가문이 받는 대미지도 덜하지 않을까.

내 이야기를 들은 두 사람은—.

"조, 좋은 생각이다, 카즈마! 그 작전으로 가자! 만약 잘 풀리면, 이제 맞선 이야기가 나올 때마다 아버지를 작살내러 가지 않아도 되겠구나!"

다, 다크니스의 아버지가 불쌍해…….

"응, 괜찮네! 나는 카즈마가 『성가신 녀석이 시집가버리면 새로운 멤버를 받을 수 있을 테니, 나는 꽤나 편해지겠네! 끼얏호~!』 같은 생각을 하는 줄 알았어!"

나는 아쿠아의 말을 듣고 움찔했다.

"무, 무슨 소리를 하는 거야? 다크니스 같은 우수한 크루세이더를 놔줄 수야 없잖아. ……어, 어이, 너희들, 그런 눈으로 나를 쳐다보지 마. 반쯤은 진심으로 한 말이라고……."

4

더스티네스 저택.

마을 중앙에 위치한 이 저택은 대귀족이라는 칭호에 걸맞은 건물이었다.

"저, 정말이냐? 라라티나, 진심으로 하는 말이냐? 정말, 이번 맞선을 긍정적으로 생각해보겠다는 것이냐?!"

라라티나, 즉, 다크니스의 아버지는 그녀의 손을 꼭 잡더니 흥분한 목소리로 말했다.

이곳은 이 마을에 있는 다크니스의 본가 안이다.

이곳에 찾아온 다크니스는 맞선을 받아들이겠다고 자신의 아버지에게 말했다.

"정말이랍니다, 아버님. 라라티나는 이번 맞선을 받아들이기로 마음먹었어요."

다크니스의 말을 들은 나와 아쿠아는 무심코 고개를 숙였다.

"저, 저기, 카즈마 씨, 카즈마 씨. 방금 아버님이라는 말이 들리지 않았어?"

"바, 바보야. 그것보다 신경 쓰이는 건 라라티나야. 방금 자기 자신을 라라티나라고 불렀다고."

평소와 전혀 다른 방식으로 말하는 라라티나 아가씨를 본 나와 아쿠아가 웃음을 필사적으로 참으면서 속닥거리자, 우리의 아가씨께서 새빨갛게 붉어진 얼굴로 나를 노려보았다.

그런 우리를 본 다크니스의 아버지는 의아한 표정을 지으면서 입을 열었다.

"그런데, 라라티나. 저 두 사람은 누구지?"

그 말을 들은 다크니스는 나와 아쿠아를 손으로 가리키며 말했다.

"이 분들은 제 모험 동료예요. 이번 맞선에 임시 집사와 메이드로서 동반시키려고 같이 왔답니다."

다크니스의 아버지는 그 말을 듣더니 얼굴을 찡그리면서 난색을 표했다.

"……으음. 하지만, 그건……."

이대로는 안 된다.

그렇게 생각한 나는 한 걸음 앞으로 나섰다. 그리고 한쪽 손을 가슴에 대면서 몸을 꼿꼿이 세운 후, 입을 열었다.

"처음 뵙겠습니다. 저는 평소 라라티나 아가씨께 신세를 지고 있는 모험가, 사토 카즈마라고 합니다. 이 맞선이 무사히 성공한다면 저희는 이제 고귀한 신분이신 라라티나 아가씨와 만날 수 없겠죠. 그렇다면 하다못해 맞선 상대가 소중한 동료를 맡길 수 있는 인물인지 두 눈으로 확인하고 싶어서 이런 무리한 부탁을 드리게 되었습니다."

나는 막힘없이 그런 대사를 술술 읊은 후, 그대로 고개를 깊이 숙였다.

나는 지금 엄청 쿨했다.

이 아가씨를 무사히 시집보낼 수만 있다면 그 어떤 짓이라도 할 수 있을 것 같았다.

마치 사람이 바뀐 듯한 나를, 다크니스와 아쿠아가 어안이 벙벙한 표정으로 쳐다보고 있었다.

—저택의 고용인이 우리를 안내한 곳은 응접실이었다.

"집사복과 메이드복을 금방 준비해올 테니 이곳에서 잠시만 기다려주십시오."

우리를 소파로 안내한 고용인이 차를 끓여준 후, 그런 말을 남기면서 응접실을 나섰다.

대귀족의 저택은 응접실도 끝내줬다.

간소해보이지만 귀족의 위엄을 유지할 만큼은 투자한 것 같았다.

우리는 한동안 얌전히 앉아있었지만, 기다리기만 하는 것에는 금방 질렸다.

나는 응접실 안을 어슬렁거리면서 방 곳곳에 있는 장식품들을 살펴보았다.

이것들의 가치가 어느 정도인지 감이 오지 않았지만, 분명 전부 비싼 물건 같았다.

아마 여기 걸려 있는 그림도 마찬가지이리라.

언뜻 보기에는 어린애 낙서 같지만 전위예술 같은 것이 분명했다.

나는 그 그림을 주시하며 턱을 매만졌다. 그리고 흐음 하고 말하면서 그림 보는 안목이 있는 척 했다.

"카즈마, 그 낙서가 마음에 든 거야?"

예술을 보는 안목이 없는 아쿠아는 내가 쳐다보던 그림을 보면서 그런 소리를 했다.

"하아, 이래서 교양 없는 인간들은 문제라니깐. 이런 건 전위예술이라고 하는데, 볼 줄 아는 사람들만 알아 볼 수 있는 멋진 작품이라고. 유명한 화가가 그린 그림이 분명해."

내가 아는 척을 하면서 그렇게 말하자, 소파에 앉아서 차를 마시던 아쿠아가 말했다.

"교양 있는 내가 보기에, 그건 단순한 낙서야."

아쿠아를 향해 고개를 돌린 나는 어깨를 으쓱하면서 말했다.

"정말, 그림을 잘 그린다고 해서 그림 보는 눈까지 좋은 건 아닌가 보네. 언뜻 보기에는 낙서 같은 부분, 여기가 바로……."

내가 아쿠아에게 되도 않는 미술 강의를 하고 있을 때, 다크니스가 방안으로 들어왔다.

"두 사람 다 많이 기다렸지? ……어이, 카즈마. 그건 내가 어릴 적에 아버지를 그린 것이다. 그게 마음에 든 아버지는 손님들에게 자랑을 하려고 여기에 전시해뒀지만, 부끄러우니까 너무 쳐다보지 말아줘…… 뭐, 뭐하는 것이냐! 머리카락을 당기지 마라!"

아쿠아의 비웃음 섞인 미소를 본 나는, 망신을 당한 걸 화풀이하듯 다크니스의 머리카락을 잡아당겼다. 바로 그때, 메이드가 집사복과 메이드복을 들고 나타났다.

메이드는 그 옷을 든 채 우리에게 인사를 한 후 말했다.

"카즈마 님, 이게 집사복입니다. 아마 사이즈가 맞을 거라고 생각합니다만, 혹시 모르니 입어봐 주십시오."

나는 메이드가 준 옷을 들고 옆방에 가서 갈아입어봤다.

……음, 딱 맞네.

"맞는 것 같아요."

그 말을 들은 메이드는 다시 인사를 한 후, 방구석으로 이동했다.

―다크니스의 아버지에게서 임시 집사가 되는 것을 무사히 승낙 받은 나는 완벽한 집사 복장을 갖춘 후, 다크니스의 곁으로 향했다.

그런 다크니스의 옆에는 이미 메이드복으로 갈아입은 아쿠아가 서있었다.

옷이 날개인지, 아쿠아에게는 청초한 느낌의 메이드복이 의외로 잘 어울렸다.

"아쿠아, 잘 어울리네. 지금의 너는 일류 잔심부름꾼 같아 보여."

"카즈마야말로 풋내기 집사 같아 보여. 선배들에게 괴롭힘 당하고 저택 뒤편에서 엉엉 울 것 같은 느낌이라 꽤 괜찮네."

"오, 꽤 재미있는 소리를 하는걸. 여기가 귀족의 저택만 아니었다면 바로 혼쭐을 내줬을 거야. ……그럼 준비는 된 거지? 라라티나 아가씨."

"라, 라라티나 아가씨라고 부르지 마라! 하다못해 남들 앞에서는 아가씨라고 불러라!"

다크니스가 부끄러움을 타면서 그렇게 외쳤다.

맞선은 이 저택에서 보기로 한 것 같았다.

그리고 나는 아까 다크니스의 아버지에게 부탁을 받았다.

그렇다. 부탁을 받고 말았다.

딸이 상대에게 실례를 범하지 않도록 도와달라는 부탁을 말이다.

그리고 이런 말도 들었다.

이 맞선이 잘 풀리면 보수를 주겠다는 말이었다.

나와 아저씨는 원래부터 이해관계가 일치했던 데다, 보수라는 덤까지 생긴 것이다.

그래서인지 의욕이 끓어올랐다.

영주의 아들이 망나니 같은 놈이라면 방해를 할 생각이었지만, 이렇게 되면 좀 짜증나는 녀석이더라도 너그러이 봐줘야할 것 같았다.

"자, 이쪽이다. 두 사람 다 뭘 해야 하는지는 알고 있겠지? 잘 부탁한다."

왠지 불안한 표정을 짓고 있는 다크니스에게 안내를 받으면서, 우리는 맞선 상대를 맞이하기 위해 현관으로 향했다.

좌우에 더스티네스 가의 메이드를 대동한 채 당당하게 걸음을 옮기는 다크니스는 진짜로 상류층 아가씨처럼 보였다.

현관으로 향하던 도중, 내 뒤를 따라오던 아쿠아가 곳곳에 놓인 장식품을 쳐다보았다.

"와아, 이건 꽤 괜찮은 물건이네……."

아쿠아는 신기하다는 듯이 손잡이가 달린 항아리를 유심히 쳐다보았다.

응접실의 그림이 낙서라는 것을 꿰뚫어본 걸로 볼 때, 이 녀석한테는 미술품을 보는 안목이 있는 것 같았다.

아쿠아가 쳐다보는 항아리에 관심이 생긴 나는 그것을 별 생각 없이 들어보았다.

꽤 무거웠다.

"어, 어이……. 함부로 만지지 마라. 그건 아버지께서 아끼시는 항아리다……."

다크니스는 내가 들고 있는 항아리의 양옆에 달린 손잡이를 향해 손을 뻗었다.

"내 정확하기 그지없는 안목으로 볼 때, 이 항아리는……."

파직!

""앗?!""

맑은 소리와 함께, 다크니스와 내 입에서 낮은 비명 소리가 터져 나왔다. 그리고 다크니스의 손에는 항아리의 손잡이가…….

"……이 항아리는, 내가 볼 때 가치 없는 쓰레기가 된 것 같아."

"어어어, 어쩌지! 이건 아버지 건데, 어쩌면 좋지?!"

다크니스는 아까까지 항아리에 달려있던 손잡이를 쥔 채 당황했다.

"지, 진정해! 네 아버지는 지금 이 자리에 안 계셔! 남은 방법은 두 개야! 하나는 맞선 상대가 있는 자리에서 밝히는 거야! 그러면 손님 앞이니 심하게 혼나지는 않을 거야! 다른 하나는 밥풀 같은 걸로 응급처리를 해둔 후, 네 아버지가 이 걸 만진 순간 항아리가 바닥에 떨어지도록 위치를 조절해두는 거야!"

"그, 그거 좋은 생각이다! 역시 카즈마는 머리가 잘 돌아가는 구나! 좋아. 맞선 상대 앞에서 밝혀봤자 상대가 돌아간 후에 설교를 당할 가능성이 있지! 그러니 일시적으로 복구를 해놓고 떨어지기 쉬운 위치에 둔 후, 고용인들에게 만지지 말라는 엄명을 내려두자!"

나와 다크니스의 대화를 들은 더스티네스 가문의 메이드가 말했다.

"……손님, 죄송하지만……. 저희 아가씨께 이상한 걸 가르치지 말아주셨으면 합니다만……."

5

—저택 현관 앞에 고용인들이 줄지어 선 가운데, 다크니스와 그녀의 아버지가 현관 앞 한가운데에 섰다.

나와 아쿠아는 다크니스의 양옆에 섰다.

그러고 보니 다크니스의 어머니는 왜 여기에 없는 건지 궁금해졌지만, 지금은 신경 쓰지 않기로 했다.

맞선 상대는 곧 도착하는 것 같았다.

"그나저나…… 네가 맞선에 응해줘서 정말 기쁘구나……. 알다프는 맞선을 제안하면서 네가 거절하지 않을 거라고 했지. 알다프 녀석은 몰라도, 아들인 발터 공은 정말 좋은 남자란다. 꼭 행복해지거라, 라라티나."

다크니스의 아버지는 자신의 딸을 향해 미소를 지었다.

하지만 다크니스는—.

"싫어요, 아버님. 라라티나는 이 맞선을 긍정적으로 생각해보겠다고만 말했을 텐데요? 후후후……. 그리고 생각해본 결과, 아직 시집을 가기에는 이르다는 결론에 도달했답니다.

이제 와서 늦었다. 맞선을 받아들이기는 했지만, 결혼을 하겠다고는 말한 적이 없지! 다 박살내주겠어. 이 따위 맞선, 완전히 풍비박산을 내주고 말겠다! 후하하하하!"

더는 연기할 필요가 없다는 듯이 다크니스는 본성을 드러냈다.

그 모습을 본 그녀의 아버지는 우리의 진의를 눈치챘는지 얼굴이 새파랗게 질렸다.

"서, 설마, 저 두 사람도, 처음부터 그럴 목적으로……!"

다크니스의 아버지는 겁먹은 표정으로 나를 쳐다보았다.

큰일 났다. 다크니스 녀석, 머리끝까지 피가 솟구친 탓에 가문의 이름에 상처가 나지 않도록 조심하기로 한 것을 잊어버렸다.

아무래도 앞뒤 가리지 않고 박살낼 작정인 것 같았다.

그럼 나도 더 이상 연기를 할 필요가 없다.

"……아가씨, 그런 품위 없는 말투를 쓰시면 안 됩니다."

내가 그렇게 말하자, 다크니스와 그녀의 아버지가 깜짝 놀란 얼굴로 나를 쳐다보았다.

아쿠아는 메이드복이 마음에 들었는지, 주위의 분위기를 전혀 개의치 않으면서 치맛자락을 펄럭여대고 있었다.

내 발언의 숨겨진 뜻을 눈치챈 다크니스의 표정은 점점 굳어갔고, 반대로 그녀의 아버지는 눈물이 맺힌 눈으로 구원의 신이라도 보듯 나를 우러러보았다.

"카즈마, 너, 너 이 자식……! 나를 배신할 생각인 거냐?!"

"배신이라니요, 아가씨. 저는 현재 더스티네스 가의 임시 집사이며, 아가씨께서 행복해지시는 것이 저의 소망입니다."

다크니스의 아버지는 내 말을 듣더니, 오오…… 하고 중얼거렸다.

"카, 카즈마 군이라고 했지?! 이 맞선이 성공하지 않아도 좋네……. 하다못해, 라라티나가 무례를 범하는 걸 옆에서 막아주게! 보수는 듬뿍 주지! 그, 그러니까……!"

나는 다크니스의 아버지가 말을 끝까지 잇기도 전에 고개를 깊이 숙였다.

"주인님, 맡겨만 주십시오. 이 카즈마, 성심성의를 다해, 아가씨를……."

—바로 그때였다.

현관문이 열리더니, 맞선 사진의 남자가 모습을 드러냈다.

시종으로 보이는 이를 데리고 말이다.

선수를 칠 생각인 듯한 다크니스는 팔짱을 끼면서 상대를 노려보더니, 당당한 목소리로 말했다!

"네놈이 내 맞선상대인가! 내 이름은 더스티네스 포드 라라티나! 지금부터 나를 더스티네스 님이라고 불러—"

"어이쿠, 아가씨! 뒤통수에 벌레가 앉아있습니다!"

나는 다크니스의 뒤통수를 있는 힘껏 때렸다!

6

내가 다크니스의 폭주를 막은 후—.

아가씨가 벌레에게 물리지 않았는지 확인하고 싶다고 말한 우리는 맞선상대를 두고 옆방으로 이동했다. 그리고 현재 다크니스의 아버지가 맞선 상대와 이야기를 나누면서 시간을 벌고 있었다.

"어이, 대체 무슨 생각이냐! 너는 나를 도와주러 온 것이 아닌 것이냐?!"

나는 다크니스에게 멱살을 잡힌 채 복도로 끌려갔다.

그런 다크니스의 옆에는 상황을 제대로 파악하지 못한 아쿠아가 다크니스의 땋은 머리카락을 만지작거리며 그 감촉을 즐기고 있었다.

—그리고 현재, 이곳에서는 나의 심문이 진행되고 있었다.

"어이, 좀 진정해, 아가씨. 너는 지금 중요한 걸 까먹었다고."

"셋만 있을 때는 아가씨라고 부르지 마라! ……그리고 그 중요한 게 뭐지?"

다크니스는 조금 진정했는지 내 이야기에 귀를 기울였다.

"자기 가문에 먹칠을 하지 않겠다는 걸 완전히 깜빡했잖아. 이번 일로 평판이 나빠지기라도 한다면 가장 난처해지는 건 바로 너라고."

내가 그렇게 말하자, 다크니스는 눈썹을 찌푸렸다.

"뭐가 난처해진다는 것이냐! 평판이 나빠져서 시집갈 곳이 없어진다면 마음껏 모험가 생활을 할 수 있다. 최악의 경우 아버지에게 의절을 당하겠지만, 그것도 이미 각오했다. ……가문에서 쫓겨나 갈 곳이 없어진 나는 어떻게든 살아보려고 무모한 퀘스트에 계속 도전할지도 모른다. 그리고 무모한 짓을 반복한 끝에 마왕군의 수하들에게 잡혀, 그대로 유린을……! …………나는 그런 인생을 살고 싶다."

"너, 결국 자기 입으로 실토한 거냐."

당치도 않은 소망을 밝힌 상류층 아가씨께서는 말을 이었다.

"그리고 그 남자는 내 취향이 아니다. 아버지가 지금까지 찾아온 맞선 상대들은 하나같이 변변찮은 사내들이었지."

나는 그 말을 듣고 고개를 갸웃거렸다.

상대는 상당한 미남이었는데?

"그 녀석, 그렇게 별로였어? 네 아버지의 말에 따르면 꽤 괜찮은 녀석 같던데? 뭐, 나는 그 녀석의 겉모습 외에는 아는 게 없지만 말이야."

내 의문을 들은 다크니스가 대답했다.

"그 남자의 이름은 알렉세이 반스 발터. 영주의 아들이라는 게 믿기지 않을 만큼, 주민들 사이의 평판이 좋은 멋진 사내다."

그 말을 들은 아쿠아가 반응을 보였다.

"알렉세이 가문의 발터라는 사람은 액셀 마을에서도 평판이 좋아. 불우한 이웃들에게 먹을 것을 나눠주기도 해. 실은 나도 몇 번인가 얻어먹은 적이 있어."

너, 너어…….

다크니스는 아쿠아의 말을 듣더니 언짢은 표정을 지었다.

"역시 마음에 안 든다! 그런 짓은 내 아버지가 하면 된다! 나를 아내로 맞이하려고 하는 귀족이 할 짓이 아니란 말이다!"

"그, 그래? 아, 겉으로는 선행을 베푸는 척 하지만, 남들 몰래 나쁜 짓이란 나쁜 짓은 다 하고 있는 거구나? 아무리 몰랐다고 해도 그런 녀석과 너를 결혼시키려고 하다니, 정말 미안해……."

역시 그 아버지에 그 아들인 것 같았다. 그런 자식에게 다크니스를 시집보내려 한 것을 내가 후회하고 있을 때, 그녀는 말을 이었다.

"아니, 그렇지 않다! 우선 그 녀석은 성격이 매우 좋은 것 같다. 아무에게도 화를 내지 않고 부하가 실수를 해도 결코 꾸짖지 않지. 그리고 어째서 실수를 한 것인지 함께 생각해 주는 괴짜다……."

……응? 그럼 꽤 괜찮은 녀석이잖아.

"그리고 엄청난 노력가이며, 백성들을 위해 매일 같이 면학에 힘쓰면서 지식을 쌓고 있다고 한다. 머리가 좋을 뿐만 아니라, 최연소로 기사 서훈을 받았을 만큼 검술 실력도 뛰어나지. 나쁜 소문 따위는 전혀 들리지 않는 그야말로 완벽 그 자체인 남자다. 악정(惡政)을 펼치는 아버지에게 간언을 해서, 좋은 방향으로 궤도를 바꾸기도 한다더구나."

…………

"저기, 네 이야기를 들어보니 엄청 좋은 녀석 같은데? 다크니스는 왜 그 녀석이 마음에 안 드는 거야?"

아쿠아는 영문을 모르겠다는 듯한 목소리로 물었다.

"그걸 몰라서 묻는 것이냐?! 전부 다 마음에 안 든다! 우선 귀족이면 귀족답게 항상 음흉한 미소를 지어라! 그리고 아까 대면했을 때, 나를 쳐다보던 그 맑고 올곧은 시선은 뭐냐! 좀 더 뭐랄까……. 우리 저택에서 내가 편한 복장으로 어슬렁거릴 때, 카즈마가 나에게 보내는 그런 핥는 듯한 음흉한 시선으로 나를 쳐다보란 말이다!"

"무무무무, 무슨 소리를 하는 거야?! 나나나, 나는 그런 눈으로 쳐다본 적 없거든?!"

내가 수상쩍기 그지없는 반응을 보이는 사이에도 다크니스는 계속 말을 이었다.

"부하가 실수를 해도 꾸짖지 않는다고? 멍청한 자식! 실수를 한 메이드에게 벌을 빙자해서 이런저런 짓을 하는 것이야말로 귀족의 올바른 소양이란 말이다! 그 남자는 아무 것도 모르는 게 분명하다! 부하들은 그 남자에게 꾸짖어주기를 바라기에 일부러 실수를 하는 거다! 귀족이라면 메이드들을 전부 임신시킬 정도의 주변머리는 있어야 할 것 아니냐!"

"그렇게 생각하는 사람은 너뿐일걸?"

내 태클을 무시한 다크니스는 더는 못 참겠다는 듯이 주먹을 말아 쥐며 역설했다.

"그리고 내 취향은 저 사람처럼 내버려뒀을 때 혼자서 모든 것을 잘하는 남자와는 정반대다! 겉모습이 변변찮아야 하고 빼빼 말랐든 뚱뚱하든 상관없다. 내가 일편단심으로 사랑하는데도 다른 여자가 꼬리를 치면 헤벌쭉 거릴 만큼 의지가 약한 녀석이 좋다. 항상 발정이 나 있는 것처럼 여자를 밝히는 건 필수조건이지. 가능한 한 편하게 인생을 살고 싶어 하는, 그야말로 인생을 얕보는 인간 말종이 좋다. 빚이 있으면 더할 나위 없지! 그리고 일도 하지 않으면서 술만 마셔대고, 내가 요 모양 요 꼴인 건 전부 세상 탓이라고 불평을 해댈 뿐만 아니라, 나를 향해 빈 술병을 던지며 이렇게 말하는 거다. 『어이, 다크니스. 그 음란한 육체로 돈 좀 벌어 와!』 …………하으응……!!"

역설을 끝낸 다크니스 양께서는 볼을 붉힌 채 온몸을 부르르 떨었다.

젠장, 이 여자는 이제 갈 데까지 갔어. 이미 손쓸 수가 없다고.

그런 구제불능에 가까운 분위기 속에서, 나와 아쿠아는

아무 말 없이 멀뚱히 서있었다.

"……이제 됐다! 내가 직접 이 맞선을 박살내버리마! 카즈마, 나를 방해할 생각이라면 그에 걸맞은 각오를 해둬라!"

다크니스는 그렇게 말한 후, 씩씩대면서 방밖으로 나갔다.

방에 남아있는 나와 아쿠아는 잠시 동안 아무 말도 없이 서있었다.

이윽고 아쿠아는 가시 돋친 말투로 말했다.

"……카즈마, 대체 어쩔 생각인 거야?"

그런 아쿠아에게—.

"저 녀석 아버지의 표정 봤지? 그건 진심으로 딸의 장래를 걱정하는 표정이야. 게다가 맞선 상대의 평판도 들었잖아. 즉, 이건 정략결혼이라기보다 딸의 행복을 진심으로 바라는 부모가 추진하는 맞선에 가까워."

"그게 뭐 어쨌다는 거야? 아무리 부모라고 해도 다크니스의 인생을 멋대로 정하는 건……."

아쿠아는 강한 어조로 말했다.

하지만 나는 그녀의 말을 끊으면서 반박했다.

"다크니스는 귀족이야. 그렇다면 결혼 상대를 자유롭게 정하지 못하는 게 당연한 거 아냐? 귀족은 태어날 때부터 풍족한 삶을 누리고, 영재교육도 받을 수 있어. ……다크니스를 보고 있으면 꼭 그런 건 아니지만 말이야. 하지만 세금으로 먹고사는 만큼, 일반인보다 자유가 없는 건 당연해.

그 어떤 신분의 사람에게도 장점과 단점이 있어. 서민은 돈이 없지만 자유가 있지. 귀족에게는 돈이 있지만 자유는 없어. 태어날 때부터 풍족한 삶을 누려온데다, 자신의 인생 또한 마음대로 정하고 싶다는 건 억지야. ……솔직히 말해, 용케도 지금까지 저 만큼이나 자유를 누렸다고 생각해. 그리고 결혼상대는 결점이 전혀 없는 남자지. 이 상황에서 투정을 부리면 남들이 화낼 것 같지 않아?"

아쿠아는 내 말을 듣고도 여전히 납득을 못한 것 같았다.

"……하지만! 그래도 이건 너무하잖아!"

"뭐, 이유는 그게 다가 아니라고."

내가 그렇게 말하자, 아쿠아가 움직임을 멈췄다.

"……뭐?"

나는 아쿠아에게 몸을 좀 숙여보라는 제스처를 보내면서 물었다.

그것도 진지하기 그지없는 표정으로 말이다.

"아쿠아. 우리의 소망은 마왕을 쓰러뜨린 후, 무사히 지구로 돌아가는 거야. 그럼, 다크니스가 원하는 진정한 소망 혹은 소원은 뭐지?"

몸을 숙인 아쿠아는 내가 진지한 얼굴로 그런 것을 물을 거라고는 꿈에도 생각하지 못했는지 당황하고 말았다.

"으, 으음……? 결혼을 하지 않고, 우리와 같이 모험가 생활을……."

무난한 대답을 하려 하는 아쿠아에게, 나는 무심코 고함을 쳤다.

"그게 아냐! 그런 겉만 번지르르한 걸 묻는 게 아니라고! 너도 알고 있잖아? 말해봐! 자, 부끄러워하지 말고 말해보란 말이야! 네 입으로 말해봐! 어떤 표정으로 그 말을 하는지 내가 지켜봐줄게!"

"가, 강한 몬스터 같은 것한테 잡혀간 후, 엄청 야한 짓을 당하는 거예요! ……카, 카즈마, 이거 성희롱이지? 저기, 성희롱 맞지?"

나는 울먹거리는 아쿠아에게 말했다.

"성희롱이 아냐! 잘 들어. 네가 왕바보라면, 저 녀석은 이미 돌이킬 수 없는 지경에 이른 궁극 바보야! 꿈이 몬스터한테 납치당해서 이런저런 짓을 당하는 거라고? 멍청아! 너, 그 녀석 부모님한테 가서 그딴 소리 해봐! 할 수 있으면 해보라고!! 어르신의 따님은 이런 멋진 꿈을 가지고 있습니다. 그 꿈을 이룰 수 있도록 결혼시키려는 생각은 접어주십시오, 라고 지금 저 녀석 부모님을 찾아가서 설명해보라고!"

"잘못했어요! 그런 말 못해요! 진짜로 잘못했습니다!"

반사적으로 사과한 아쿠아는 주뼛주뼛하면서 말했다.

"……하, 하지만, 그럼 그 사람과 결혼시키는 게 옳다는 거야? 다크니스한테도 좋아하는 타입이라는 게 있잖아."

"결혼하는 상대가 그 녀석의 타입이 아니라 불쌍하다, 라는 바보 같은 소리 하지 마. 방금 다크니스가 자기 입으로 좋아하는 타입을 말했지? 너, 만약 다크니스가 이상형을 찾았다면서 그런 타입의 남자를 데리고 오면 어떻게 할 거야? 잘 들어. 발터라는 남자에게 떠 넘겨 버리는 거야……. 바보 같은 짓을 저지르려고 하는 다크니스를, 그 사람 좋아 보이는 녀석에게 맡겨버리자고. 이야기를 들어보니 자기 아버지와는 달리 꽤 상냥한 것 같잖아. 그럼 결혼을 한 후에도 때때로 아내가 모험을 하러 가는 걸 허락해줄지도 몰라. 그러면 그때는 우리가 다크니스와 같이 모험을 하는 거야. 이렇게 되면 부모도 안심, 나도 안심인데다, 다크니스가 위험한 모험을 할 일도 없어지지. 그리고 무엇보다 손이 많이 가는 세 사람 중에 한 명과 바이바이할 수 있다고."

"손이 많이 가는 세 사람 중에 한 명은 나 맞지?"

나는 주먹을 치켜들면서 몸을 일으켰다.

"그리고 모험가 생활이라는 건 평생 할 수 있는 게 아니잖아! 이런 악독기업 빰치는 일자리는 그만둘 수 있으면 그만두는 편이 나아! 나는 언제 어느때나 그만두고 싶다고! 솔직하게 말하겠어. 저 녀석은 바보야! 백 번 양보해 본인이 모험가를 계속하고 싶은 거라면 차라리 나아! 나도 응원해줄 거라고! 하지만 다시 한 번 말하는데, 저 녀석은 바보야! 원래 남의 집안일에 끼어드는 건 사양이지만, 이번 목표는 다크니스를 무사히 시집보내는 거야! 그게 무리라면 앞으로 언제든지 결혼으로 퇴직 할 수 있도록, 저 녀석이 더스티네스의 이름에 먹칠을 하지 못하게 하는 거라고!"

"저기, 잠깐만 있어봐! 내 질문에 제대로 답해달라구!"

7

"기다리시게 해서 죄송합니다."

"죄송합니다."

다크니스의 아버지와 발터가 환담을 나누는 사이, 나와 아쿠아는 우리를 계속 신경 쓰고 있던 다크니스의 옆에 섰다.

"카즈마의 생각은 이해했어. 다크니스가 좋아하는 사람과 결혼해서 행복해졌으면 좋겠지만, 네 말을 듣고 보니 이대로는 안 되겠다는 생각이 들어."

"이해를 했다니 정말 기뻐. 잘 들어. 너는 너대로 행동해. 상대가 다크니스에게 호감을 가지도록 돕는 거야. 알았지?"

그런 우리의 대화를 들은 다크니스는 나에게 귓속말로 말했다.

"어이, 이제 그만 해라. 안 그러면 나중에 돌아갈 때, 네가 죽도록 후회할 만한 사태를 벌여주겠다."

우와, 무서워.

하지만 지금의 나에게는 그딴 협박이 통하지 않는다.

왜냐면, 다크니스보다도 강력한 아군이 내 뒤에 떡하니

버티고 있기 때문이다.

그 사람은 바로―.

"주인님, 외람되지만, 이제 그만 아가씨와 발터 공의 맞선을 시작하는 것이 어떠신지요. 아가씨께서는 더 기다리시기 힘드신 것 같습니다."

내가 그렇게 말하자, 다크니스는 쓸데없는 소리를 하지 말라는 듯이 이를 갈았다.

그런 다크니스의 분위기를 눈치채지 못한 그녀의 아버지는 기뻐하면서 승낙했다.

다크니스의 아버지는 내가 다크니스를 입 다물게 하려고 그녀의 머리를 때렸던 것을 크게 신경 쓰지 않는 것 같았다.

오히려 잘했다는 듯이 안도하고 있었다.

그렇다면 다소 무모한 짓을 하더라도 다크니스의 아버지는 화를 내지 않을 것이다.

"그럼 발터 공. 자리를 옮기겠네. 라라티나, 너도 따라오거라. 객실로 가자꾸나."

다크니스는 그 말을 듣더니 몸을 굽혔다.

"아, 구두굽이 부러진 것 같아요……. 발터 공, 손을 빌려주시지 않겠습니까?"

다크니스는 그렇게 말하면서 발터를 향해 손을 뻗었다.

나한테 두들겨 맞는 걸 경계하는 건지, 다크니스는 상류층 아가씨의 말투를 사용했다.

하지만 이대로 둬선 안 된다. 그녀는 뭔가 일을 벌일 생각인 게 분명했다.

나는 부리나케 다크니스를 향해 손을 내밀면서 말했다.

"아가씨, 제 손을 잡으시죠. 아무리 발터 공이 마음에 드셨다고 해도, 약혼 전부터 어리광을 부려서는 안 됩니다. 발터 공, 죄송합니다. 아가씨께서는 오늘 좀 들뜨신 것 같습니다아아아아아. 부러지겠어, 부러지겠다고요 아가씨. 장난은, 저기, 그만, 그만하십시……, 그만하라고, 이 아가씨야!"

다크니스가 있는 힘을 다해 내 손을 움켜쥐자, 나는 울상을 지으면서 그녀의 손을 뿌리쳤다.

이, 이 녀석, 내가 방해하지 않았다면 발터에게 이딴 짓을 할 생각이었던 거냐!

"무, 무슨 일이죠? 괜찮습니까?"

울상을 지은 내가 한손을 감싸면서 몸을 웅크리자, 발터는 걱정 섞인 목소리로 나에게 말을 걸었다.

정말 좋은 녀석이다. 제발 부탁이니까 이 광견 좀 데려가.

"우후후. 아무 일도 아니랍니다, 발터 공. 자, 그럼 이동하도록 할까요."

몸을 웅크린 채 저벅저벅 걸음을 옮기는 다크니스를 배웅하는 나에게, 아쿠아가 회복 마법을 걸어줬다.

다크니스의 아버지는 그런 우리를 향해 미안하다는 듯이 두 손을 모으며 고개를 숙였다.

“—그럼 다시 한번 자기소개를 하겠습니다. 알렉세이 반스 발터라고 합니다. 알렉세이 가문의 장남이며, 아버지의 영지 경영을 돕고 있죠.”

다크니스와 발터는 객실에 있는 새하얀 테이블을 사이에 두고 마주 앉았다.

발터는 상당한 미남이었다.

키는 나보다 머리 하나 정도 더 컸다.

그리고 평소에도 자주 수련을 하는지, 그의 몸은 옷 너머로도 알 수 있을 만큼 근육이 붙어 있으며 적당히 탄탄했다.

그런 발터는 온화한 미소를 지은 채 다크니스를 응시하고 있었다.

다크니스의 옆에는 나와 아쿠아가 부자연스러울 정도로 찰싹 붙어 있었다.

발터는 그것을 조금 신경 쓰는 눈치였지만, 다크니스의 아버지가 아무 말도 하지 않기에 그 또한 아무 말도 하지 않았다.

“저는 더스티네스 포드 라라티나. 제 가문에 대한 소개는 생략하겠어요. 벼락출세한 영주의 아들이라도 당연히 알고 있으으으으으윽?!”

느닷없이 무례한 소리를 입에 담던 다크니스는 갑자기 테이블에 엎드리더니, 얼굴을 새빨갛게 붉힌 채 부르르 떨었다.

"왜, 왜 그러시죠?"

발터가 걱정을 하자…….

"아, 아뇨……. 저기, 발터 공의 얼굴을 보고 있으니 갑자기 기분이 나빠져어어어엇~?!"

얼굴이 새빨개진 상태에서 말을 잇던 다크니스가 또 고개를 숙였다.

"다크니스 아가씨께서는 아침부터 속이 좋지 않으셨어요. 다크니스, 내 말 맞지?! 배가 아프면 너무 무리하지 마!"

"뭐?! 아, 아닌데……!"

다크니스는 아쿠아가 한 말을 부끄러하면서 부정하려 했다.

나는 전혀 도움이 안 되는 아쿠아를 옆으로 밀쳐내면서 말했다.

"아가씨께서는 아침부터 발터 공을 만나는 걸 고대하고 계셨던지라 조금 들뜨신 것 같습니다. 자, 아가씨의 얼굴을 보십시오. 새빨개진 얼굴로 부끄러워하고 계시지 않습니까."

"그, 그러고 보니 얼굴이 빨개지셨군요……. 아, 아하하, 왠지 부끄러운 걸요……."

나는 발터에게 그렇게 말한 후, 발치에 힘을 주면서 다크니스에게만 들릴 만큼 작은 목소리로 속삭이듯 말했다.

—테이블 아래에서 다크니스의 발을 자근자근 밟아주면서 말이다.

"……어이, 아가씨. 또 괜한 짓을 하면 더 세게 밟아줄 거야."

내 말을 들은 건지, 듣지 못한 건지는 모르겠지만…….

새빨개진 얼굴로 하아하아 하고 거친 숨을 내쉬던 다크니스가 작은 목소리로 말했다.

"포, 포상이다……."

우리 가문의 아가씨는 정말 한결 같으시군.

다크니스의 아버지도 딸의 얼굴을 보더니, 테이블 밑에서 무슨 일이 벌어지고 있는지 눈치챈 것 같았다.

바로 눈치채는 것을 보면, 아무래도 자기 딸의 성적 취향도 알고 있는 것 같았다.

어째서 딸이 이렇게 될 때까지 내버려둔 거냐고 한소리 하고 싶지만, 지금은 그럴 때가 아니다.

다크니스의 아버지는 나와 자신의 딸을 돕기 위해 화제를 바꿨다.

"발터 공. 일전에 저택이 붕괴되었다고 들었네. 살 곳은 마련했나? 뭣하면 자네만 우리 집에서 살지 않겠나? 아, 물론 딸과는 다른 방에서 지내야겠지만 말이야."

다크니스의 아버지가 농담조로 그렇게 말하자, 발터는 웃음을 터뜨리며 대답했다.

"하하하! 괜찮습니다. 아름다운 라라티나 님과 한 지붕 밑에서 지내다간 인내심이 금방 바닥나버릴 것 같은지라……."

이런 식으로 다크니스가 얼굴을 새빨갛게 붉힌 채 부들부들 떨고 있는 와중에도 맞선은 착착 진행되어갔다…….

8

—다크니스의 아버지는 자신이 이곳에 더 있어봤자 방해만 될 것이라면서 자리를 비켜줬다.

그는 방에서 나가기 직전, 나에게 「잘 부탁하네」 하고 낮은 목소리로 말했다.

현재 다크니스와 발터는 나와 아쿠아를 데리고 더스티네스 가의 정원을 산책하고 있었다. ……그건 그렇고, 역시 유명한 대귀족의 정원은 엄청났다.

넓은 정원에는 커다란 연못이 있고, 겨울인데도 불구하고 품종개량이 된 각양각색의 꽃들이 흐드러지게 피어 있었다.

아쿠아는 연못의 물고기를 보더니 휘파람을 불면서 손뼉을 쳤다.

뭘 하는 건가 싶어 쳐다보니, 아쿠아의 곁으로 물고기들이 몰려왔다.

……우와, 엄청나네. 나중에 어떻게 하는 건지 가르쳐달라고 해야겠어.

"라라티나 님의 취미는 무엇입니까?"

우리가 연못에 정신이 팔린 사이, 발터가 맞선의 정석이나 다름없는 질문을 던졌다.

"고블린 사냥을 조그으으음?!"

다크니스가 또 쓸데없는 소리를 하자, 나는 그녀의 옆구리에 팔꿈치를 날렸다.

그러자 아까부터 부자연스러울 정도로 다크니스에게 붙어 있는 나를 본 발터가 쓴웃음을 지으면서 고개를 갸웃거렸다.

"……꽤 사이가 좋으신가 보군요."

그 말을 들은 순간, 나는 아차 했다.

큰일 났네. 좀 지나쳤어. 내가 다크니스의 평판을 떨어뜨리면 어떻게 하냐고.

맞선 상대인 여성이 남성 집사와 꼭 붙어 있는 모습을 본 맞선남의 기분이 좋을 리가 없었다.

내가 어떻게 얼버무릴지 생각하고 있을 때, 다크니스가 나를 향해 씨익 웃었다.

이 녀석, 또 무슨 짓을 하려는 거야……?!

"이름이 카즈마인 이 집사와 저는 특히 사이가 좋아서 언제나 같이 있답니다. 식사도, 목욕도, 뭐든 함께 하죠. 물론 밤에 잠을 잘 때도…… 때도…… 으으…… 윽……."

바보 같은 소리를 하던 다크니스는 갑자기 얼굴을 붉히면서 말끝을 흐렸다.

이 녀석이 수치심을 느끼는 기준은 대체 어떻게 되어먹은 것일까.

"아가씨께서는 농담을 매우 좋아하십니다. 이렇게 자기 입으로 농담을 해놓고 부끄러워하시는 귀여운 분이시죠. 그렇죠? 라라티나 아가씨. 왜 그러시죠? 라라티나 아가씨. 얼굴이 빨개지셨습니다. 라라티나 아가씨."

"으으……. 두, 두고 보자……."

라라티나라는 귀여운 이름으로 몇 번이나 불린 다크니스는 울상을 지으면서 이를 깨물었다.

좋아. 이제 한동안은 얌전히 있을 거야.

그 모습을 본 발터는 약간 씁쓸한 미소를 지으며 말했다.

"정말 사이가 좋군요……. 왠지 샘이 나는걸요."

"농담이 지나치십니다. 이건 어디까지나 집사와 주인 사이의 별것 아닌 장난……."

내가 그렇게 말한 순간, 다크니스는 나와 거리를 벌렸다.

오오?

"이제 번거로운 짓은 관두겠다! 이딴 짓, 더는 못하겠단 말이다!"

다크니스는 무슨 생각인지 입고 있던 드레스 자락을 힘껏 찢었다.

새하얀 허벅지가 드러나더니, 에로니스의 몸매가 그대로 내 눈에 들어왔다.

긴 치마를 움직이기 쉽도록 짧게 만든 음란니스는 움직이기 편하도록 치마의 옆쪽도 찢었다.

발터가 무심코 눈을 돌리자, 다크니스는 큰 목소리로 말했다.

"어이, 발터라고 했지?! 클래스가 기사라면 검술에는 꽤 자신이 있겠구나! 내 클래스는 크루세이더다. 지금 바로 수련장까지 같이 가줘야겠다. 거기서 네 소질을 확인해주지. 자, 따라와라!"

다크니스가 난데없이 당치도 않은 짓을 벌였지만, 나는 도저히 말릴 수 없었다.

"……이 남자를 봐라, 발터. 귀족이라면, 언제 어느 때나 카즈마처럼 음흉한 눈길을 띠고 있어야 한다!"

그그그그, 그런 적 없어!

약간 신경이 쓰여서 힐끔 쳐다봤을 뿐이라고!

9

"승부는 어느 한쪽이 항복할 때까지 계속된다. 내가 더는 무리, 부탁이야, 이제 용서해줘, 라고 말하게 만들어봐라! 그러면 아내든 뭐든 다 되어주겠다!"

다크니스는 우리를 데리고 수련장으로 향했다.

그리고 그곳 중앙에 선 그녀는 발터에게 목검 한 자루를 던져줬다.

그것을 받은 발터는 난처한 표정을 지으며 목검을 가볍게 한 번 휘둘렀다.

"으음……. 라라티나 님. 저는 기사입니다. 아무리 훈련이라고 해도 여성에게 검을 휘두를 수는 없어요……."

발터가 그렇게 말하자, 다크니스는 언짢은지 인상을 확 찡그렸다.

"정말 얼간이구나. 저기 있는 카즈마는 말이다. 자칭 남녀평등주의자에, 여자한테 드롭킥을 날릴 수 있다고 호언장담하는 녀석이다. 좀 보고 배워라."

다크니스의 말을 들은 발터가 나를 쳐다보았다. 그의 시선이 왠지 따갑게 느껴졌다.

발터는 마음을 굳혔는지 한숨을 내쉰 후 말했다.

"……알았습니다. 솔직히 말해 오늘 이곳에는 아버지께서 강요한 맞선을 거절하기 위해 왔습니다. ……하지만 당신을 보고 마음이 바뀌었어요. 당신은 어디에나 있을 법한 흔하디흔한 귀족 영애와는 다르군요. 역시 이 왕국의 기둥이라 불리는 인물의 외동딸답습니다. 호탕하면서도 자신이 한 말 때문에 부끄러워하는 귀여운 일면도 가지고 있고요. 그리고 자기 할 말을 주저 없이 입에 담는 기개와, 아랫사람인 집사를 같은 눈높이에서 대하는 그 태도……. 저는 당신에게 흥미가 생겼습니다. ……자, 갑니다. 라라티나 님!"

느닷없이 다크니스에게 반했다고 선언한 발터가 그녀를 공격했다.

재빠른 공격으로 다크니스의 목검을 쳐낸 발터는 그대로 그녀의 어깨에 목검을 꽂았다.

그 모습을 본 발터는 가볍게 한숨을 내쉬었다. 결판이 났다고 생각한 것이리라.

하지만 다크니스는 아무 일도 없었다는 것처럼 자신의 목검을 주워들면서 말했다.

"좋아. 그럼 계속해볼까. 덤벼라."

—그 후로 30분 이상 지났을 즈음이었다.

"이, 이제 됐지 않습니까! 당신에게 승산이 없다는 건 알고 있을 텐데요? 그런데 왜 계속 덤비는 겁니까!"

시종일관 우세를 점하고 있는데도 불구하고 발터의 목소리에서는 절박함이 느껴졌다.

실력 자체는 압도적일 정도로 발터가 뛰어났다.

아까부터 다크니스의 목검은 발터를 스치지도 못했다. 그리고 발터가 휘두른 목검에 두들겨 맞은 다크니스의 몸 곳곳에는 멍이 생겼다.

하지만 다크니스는 거친 숨을 내쉬면서도 여전히 강렬한 눈빛을 내뿜고 있었다.

땀으로 범벅이 된 채 볼이 상기된 상태에서도, 다크니스는 힘찬 목소리로 말했다.

"왜 그러지. 주저하지 말고 덤벼라! 네 실력을 철저할 정도로 나에게 과시하란 말이다!"

그런 다크니스를 본 발터는 목검을 내던졌다.

그리고 양손을 들면서 항복했다.

"……항복하겠습니다, 라라티나 님. 제가 졌어요. 기량은 제가 뛰어나지만, 마음의 힘에서는 당신에게 미치지 못합니다……. 더는 당신에게 공격을 할 수 없어요. ……당신은, 정말 강한 사람이군요."

발터는 그렇게 말하면서 다크니스를 눈부시다는 듯이 바라본 후 웃음을 흘렸다.

다크니스는 불만을 표시하듯 어깨를 축 늘어뜨렸다.

"……뭐냐. 이걸로 끝이냐? 한심하구나. 수행을 좀 더 하고 와라."

다크니스가 그렇게 말하자, 발터는 소리 내어 웃었다.

그것은 왠지 즐거워 보이는, 개운해 보이는 웃음이었다.

그리고 발터는 다크니스에게 들릴락말락하는 작은 목소리로—.

"……진짜로, 반해버렸어……."

—그렇게 말했다.

언뜻 보기에는 강한 의지를 드러낸 다크니스에게 발터가 승리를 양보한 감동적인 상황 같지만…….

나는 다크니스의 속내를 알기에 눈곱만큼도 감동할 수가 없었다.

발터의 눈에는 새빨갛게 달아오른 얼굴로 거친 숨을 내쉬는 다크니스가 고통을 참으며 최선을 다하는 크루세이더처럼 보일 것이다.

여전히 거친 숨을 내쉬고 있는 다크니스에게 다가간 아쿠아가 그녀의 상처를 치유해줬다.

내가 땅이 꺼져라 한숨을 내쉬고 있을 때, 다크니스는 발터가 내던진 목검을 주웠다.

"좋아. 덤벼라, 카즈마. 너의 인정사정없는 야비함을 발터에게 보여줘라."

그리고 뚱딴지같은 소리를 하면서 수련장 구석에 앉아있는 나에게 그 목검을 건넸다.

……이 녀석, 대체 무슨 소리를 하는 거야?

아무래도 이 녀석은 발터와 싸우면서 몸이 달아오른 것 같았다.

헛소리 하지 마. 이딴 녀석을 내가 왜 상대해야 하냐고.

"……나도 보고 싶은걸. 라라티나 님이 신뢰하는 네가 어떤 식으로 싸우는지를 말이야."

발터가 그런 쓸데없는 소리를 했다.

다크니스의 상처를 완전히 치유한 아쿠아도 이 상황에 관심을 보였다.

……맙소사.

"하아. 좋아. 어차피 이 맞선은 깨진 것 같네. 그리고 너는 우리 아가씨에 대한 나쁜 소문을 퍼트릴 사람처럼 보이지는 않아."

연기를 관둔 나는 원래 말투로 발터에게 그렇게 말한 후,

몸을 일으켰다.

"좋아. 덤벼라, 카즈마! 실은 전부터 너와 한 번 싸워보고 싶었다! 처음보는 여자의 속옷도 벗겨버리는 그 무자비함! 약아빠진 수라는 수를 다 쓰는 그 악랄함! 자, 전력을 다해 덤벼라!"

다크니스의 말을 들은 발터가 나를 쳐다보는 시선이 무지막지하게 따끔했다.

이 추운 시기에 몸이 달아오른 변태를 제대로 상대해줄 생각도 없었다.

나는 목검을 쥐지 않은 손을 앞으로 내민 후—.

"『크리에이트 워터』!"

다크니스의 머리에 물을 끼얹었다.

"어?!"

발터가 깜짝 놀라자, 나는 고개를 갸웃거리면서 그를 쳐다보았다.

"응? ……왜 그래?"

그러자 발터는 당황한 목소리로 말했다.

"……그, 그게, 목검을 쥔 시합이니, 보통은 마법을 쓰지 않을 거라고……."

어? 그런 거야?

그리고 다크니스의 모습을 본 아쿠아가 중얼거리듯 말했다.

"……질렸어~. 역시 성희롱에 있어서는 어깨를 나란히 할

자가 없다는 카즈마 씨. 진짜로 질렸어~."

그 말을 듣고 다크니스를 쳐다보니, 옷이 물에 젖은 탓에 속옷이 훤히 비쳐보였고, 찢어진 치마가 더해지자, 그야말로…… 눈보신 한 번 잘했습니다. 감사합니다.

발터는 다크니스를 똑바로 쳐다볼 수도 없는지 고개를 푹 숙였다.

"후, 후후후……. 봤느냐, 발터! 카즈마는 목검 승부에서 난데없이 이런 엉큼한 짓을 벌이지. 카즈마의 이런 점을 똑똑히 봐둬라!"

물에 빠진 생쥐 꼴이 된 다크니스가 오해 사기 딱 좋은 소리를 했다.

"나, 나는 그럴 생각이 없었다고……! 아아, 젠장!"

전력을 다해 덤비라고 했으니, 전력을 다해 덤벼주마.

이미 마법을 썼으니, 또 써도 불평을 하지는 않겠지!

"『프리즈』!"

"으으윽?!"

내가 프리즈를 사용하자, 물에 흠뻑 젖은 다크니스는 새파랗게 질린 얼굴로 자신의 어깨를 끌어안았다.

"아, 악마다……! 한겨울에 찬물을 끼얹은 것도 모자라, 빙결 마법까지 쓰다니……!"

"뭐, 세간에서 괜히 카오물 씨니, 카레기 씨라고 부르는 게 아니거든요~."

구경꾼은 입 다물고 있어!

"훗, 후하하하하! 정말 인정사정없구나! 이, 이것이 바로……!"

다크니스는 그런 소리를 하면서 나를 향해 돌진했다!

10

위험해. 이대로는 진짜 위험하다고.

초조한 표정을 짓고 있는 나를 비웃듯이, 다크니스는 목검을 휘둘러댔다.

위력은 있지만 엉뚱한 방향을 노리거나, 거리를 잘못 재는 등, 똑바로 날아오는 목검이 없었기에 공격 자체는 쉽게 피할 수 있었다.

"왜 그러느냐, 카즈마. 숨이 거칠어진 것 같구나!"

아까까지만 해도 덜덜 떨고 있던 다크니스는 피부를 상기시킨 채 땀을 흘리면서 즐겁게 웃고 있었다.

나는 아까부터 다크니스에게 몇 번이나 공격을 명중시켰지만, 그녀는 전혀 움츠러들지 않았다.

"다크니스, 계속 몰아붙여! 허약해빠진 카즈마의 체력으로 장기전은 무리야!"

젠장! 구경꾼은 닥치고 있으라고!

"후후, 슬슬 움직임이 둔해지기 시작했구나! 그럼 이제 결판을 내볼까!"

아쿠아의 말을 들은 다크니스는 자신만만한 웃음을 터뜨리더니, 목검을 내던진 후 나를 향해 육탄돌격을 감행했다.

큰일 났다! 단순한 완력승부로는 승산이 없어!

"좋아, 다크니스! 잡아서 몸을 확 졸라버려! 접근전으로 가면 허약한 카즈마는 네 상대가 못 될 거야!"

젠장! 왜 다크니스를 응원하는 거야! 저 녀석, 나중에 두고 보자!

내가 그런 생각을 하는 사이, 다크니스는 양손을 크게 벌린 채 나를 끌어안으려는 듯한 자세로 돌진해왔다.

나도 목검을 던진 후, 다크니스와 힘겨루기를 하려는 것처럼 양손을 들어올렸다.

"힘으로 나한테 이길 생각인 것이냐? 얕보지 마라!"

다크니스는 그렇게 고함을 지르면서 나와 손을 맞잡았다.

"무슨 생각인지는 모르겠지만, 크루세이더인 나와 모험가인 너의 완력으으으으으윽?!"

여유롭게 힘겨루기에 응한 다크니스가 갑자기 새된 비명을 질렀다.

나는 허둥지둥 떨어지려 하는 다크니스의 손을 꽉 잡으면서 말했다.

"아까까지의 자신감은 다 어디로 가버린 겁니까? 어이, 다크니스, 말 좀 해 봐! 와하하하, 내가 정면대결을 할 리가 없잖아. 우리가 알고 지낸지 꽤 됐으니까 눈치 좀 채라고오오오오오옷?!"

의기양양해하던 나는 엄청난 힘으로 손을 움켜잡힌 탓에 비명을 질렀다.

내 손을 쥔 다크니스는 처절한 눈빛을 머금으며 웃음을 흘렸다.

"후, 후후후후……. 이게, 드, 드레인 터치인가……! 하지만, 내 체력을 전부 흡수하기 전에, 너의 팔을 부러뜨려주마!"

"으그그그극, 할 수 있으면, 해 봐아아아앗! 아야야야야야얏!"

드레인 터치로 체력을 흡수하는 나와, 힘으로 내 팔을 부러뜨리려고 하는 다크니스.

우리는 물러서지 않았고 물러설 수도 없었다.

나는 다크니스의 힘에 밀려나고 있지만, 밀고 있는 그녀 또한 표정이 일그러지고 있었다.

큰일 났다. 드레인 터치로 체력을 흡수하는데도 이 멍청이의 체력은 바닥날 줄을 모르잖아……!

"어, 어이, 다크니스! 기, 기왕 이렇게 된 거, 내기라도 하지 않을래? 나한테 승부를 신청한 건 이번 일로 꽤나 열 받았기 때문이지? 그럼, 진 사람은 딱 한 번, 이긴 사람의 그 어떤 명령에도 따라야 한다는 조건으로 내기를 하자고……!"

다크니스는 이를 악물면서 버티고 있는 나를 덮쳐누르듯

더욱 힘을 주면서 말했다.

"내, 내기……?! 후, 후훗, 대화로 시간을 벌려는 것이냐……?! 내기든 뭐든 다 받아주마. 내가 이긴다면, 네놈은 나에게 무릎을 꿇고 사과하는 거다……!"

—찬스!

"약속한 거지……?! 꼬, 꼭 지키라고……!"

"좋다! 한 입으로 두 말 하지는 않겠어……! 그것보다, 너는 이제 끝났다! 자, 빨리 항복해라! 안 그러면 진짜로 너의 팔을 부러뜨릴 거다……!"

나는 다크니스에게 밀려나면서도 의기양양한 목소리로 말했다.

"진짜지? 진심이지? 약속한 거지?! 내가 이긴 후 울면서 사과해도 절대 관두지 않을 거야!"

나는 불리한 상황에서도 다크니스를 향해 의기양양한 미소를 지었다.

그런 나를 이상하게 생각했는지 다크니스는 손에 준 힘을 약간 뺐다.

"……음? 내가 지면 대체 어떤 명령을 내릴 생각인 것이냐."

"수치심 탓에 얼굴이 새빨개진 네가 울음을 터뜨리며 싫어할 만한 거야……! 후헤헤헤, 약속한 거야! 자, 승부다! 내가 이긴 후, 네가 필사적으로 용서를 비는 모습이 벌써부터 눈앞에 아른거리는걸……! 제발 봐주세요, 용서해주세요,

하면서 사과하게 만들어주마!"

내 말을 들은 다크니스는 몸을 부르르 떨었다.

그리고 다크니스가 몸에 주고 있던 힘이 점점 약해졌다.

"큭……! 대, 대체 나한테 무슨 짓을 할 속셈인 거냐……?! 말해라! 말하란 말이다!"

"후헤헤헤헤, 네가 상상하는 것보다 훨씬 더 엄청난 짓이라고……!"

"뭐……! 그, 그만해라……! 크윽……! 저, 저항하려고 해도 드레인 터치로 힘이 빨린 탓에……! 마, 맙소사, 이대로 가다간……!"

드레인 터치로 흡수할 수 있는 것은 생명력뿐이지만, 점점 몸에서 힘을 빼던 다크니스는 그 자리에서 한쪽 무릎을 꿇었다.

"하아…… 하아……! 무, 무슨 짓을 할 생각인 거냐……! 하아하아……! 아아, 이대로 가다간 지고 말 거야……!"

볼을 붉힌 채 거친 숨을 내쉬기 시작한 다크니스의 목덜미에서, 쇄골을 향해 한 줄기 땀방울이 흘러내렸다.

"이대로 네가 정신을 잃을 때까지 체력을 빨아 주마! 그리고 다시 눈을 떴을 때, 어떤 꼴을 하고 있을지 잔뜩 기대하라고!"

"아앗! 아, 안 돼……! 크윽, 내기에서는 졌지만 제아무리 수치스러운 짓을 당하더라도 내 마음은 굴복하지…… 크윽……! 엄청난 짓…… 어, 엄청난 짓……?!"

엄청난 짓이란—
철그렁
—자
이제 네가 무슨 짓을 당할지는 알고 있겠지?
하루 동안 이 몸을 네 마음대로 해봤자
내 마음은 꺾이지 않는다!!
크크큭….
꾹

누가
하루 만에 끝낼 거라고 했지…?
쥐익…
확
자.
자, 아가씨. 앞으로는
내 애완동물이 되어주실까?
주인님이라고 불러 봐!
약
주
주인니이이이임!

다크니스는 나한테 양손을 잡힌 채로 수련장의 흙바닥에 털썩 주저앉았다. 그리고 새빨개진 얼굴을 기대감으로 가득 채우고 나를 올려다보다가 그대로 쓰러졌다.

그 모습을 본 발터는 경악하고 말았다.

"그냥 이기기만 하는 게 아니라, 승리를 확신한 시점에서 내기를 제안하다니! 정말 인정사정이 없군……! 카레기라는 별명에 걸맞은 남자야……!"

"마, 말이 너무 심하잖아!"

아쿠아는 바닥에 쓰러진 다크니스에게 다가가더니 그녀를 돌봤다.

—바로 그때였다.

"자네들이 수련장에 있다기에 음료수를 가지고………."

이렇게 끝내주는 타이밍에 나타난 사람은 바로 다크니스의 아버지였다.

하지만 다크니스의 아버지는 음료수가 들어있는 바구니를 갑자기 놓쳤다.

내가 영문을 몰라 하면서 그쪽을 쳐다보니, 다크니스의 아버지와 함께 온 고용인들이 입을 쩍 벌린 채 경악하고 있었다.

그들의 시선은…….

온몸에 멍이 나 있고, 치마가 찢어져 있으며, 옷이 흠뻑 젖은 탓에 속살이 비쳐 보이는 상태에서 아쿠아에게 간호를 받고 있는 다크니스를 향하고 있었다.

……그 모습을 본 나와 발터는 무심코 서로를 쳐다보았다.

아쿠아는 그런 우리 둘을 손가락으로 가리키면서 말했다.

"……저 두 사람이 이렇게 만들었어요."

"그런가. 저들을 처형해라."

""아니에요. 오해예요!""

나와 발터는 동시에 외쳤다.

11

나와 발터가 필사적으로 설득하며 사정을 설명한 끝에, 겨우 우리의 혐의는 풀렸다.

참고로 나와 아쿠아의 정체 또한 발터는 이미 알고 있었다.

아무래도 발터는 내가 집사가 아니라는 걸 거의 처음부터 눈치챘던 것 같았다.

이런 사태를 초래한 장본인인 다크니스는 내 스킬 탓에 아직도 자고 있었다.

응접실로 이동한 우리는 타이트한 검은색 스커트와 검은색 셔츠, 즉 모험가 생활을 할 때의 평상복을 입고 곤히 잠들어있는 다크니스를 지켜보고 있었다.

이윽고 다크니스의 아버지는 자신의 딸을 바라보면서 입을 열었다.

"내 딸은 사람을 잘 사귀지 못하는 편이지……. 그건 가족들 상대로도 마찬가지였다네. 카즈마 군. 자네는 딸과 같은 파티에 속해있지? 내 딸은 자기 자신에 관한 이야기는 거의 하지 않았을 것 같은데, 어떤가?"

나는 그 말을 듣고 고개를 갸웃거렸다.

—어땠더라.

그러고 보니 나는 다크니스에 대해 아는 게 거의 없었다.

아, 말수가 많은 편이 아닌 다크니스가 그나마 입을 열 때마다 당치도 않은 소리만 해댔다는 것은 기억하고 있었다.

"내 딸은 크루세이더가 된 후에도 항상 외톨이였지……. 매일같이 에리스 님의 교회에만 갔다네. 같이 모험을 할 동료가 생기게 해달라고 에리스 님에게 기도를 드리러 말이야. 그러던 어느 날, 교회에서 돌아온 딸이 처음으로 동료가 생겼다, 친구가 생겼다, 여자 도적과 동료가 되었다며 매우 기뻐했다네……."

오, 역시 진짜 여신님. 에리스 님은 좋은 일을 하시는 걸…….

"나는 아내를 일찍 여의였지……. 그 후, 재혼을 하지 않고 남자 홀로 그 아이를 키웠다네. 어리광을 다 받아주면서 자유롭게 말이야. ……그게 좋지 않았던 거겠지."

다크니스의 아버지는 구구절절한 목소리로 말했다.

그녀의 아버지가 말하는 건 다크니스의 성적 취향일 것이다.

지나치게 자유롭게 자랐기 때문에 속박당하고 싶어 하는 애로 자란 것일까?

아니, 그 성적 취향은 천성적으로 타고난 거라고 생각해, 아저씨.

"라라티나 님은 남자보다 기가 세기는 하지만 멋진 여성이라고 생각합니다. 카즈마 군이 없었다면 저는 진심으로 라라티나 님을 아내로 맞으려 했을 겁니다."

발터가 느닷없이 당치도 않은 소리를 했다.

이 사람, 난데없이 무슨 소리를 하는 거야.

나에게 있어 다크니스는 단순한 동료다.

보고 있으면 흥분될 때도 있지만 그건 상관없는 이야기란 말이다.

영주 같은 인간에게 그 녀석이 유린당하는 건 싫지만, 제대로 된 남자에게 소중히 여겨진다면 응원할 수 있는 그런 관계다.

"……죄송한데, 무슨 이야기를 하는 건지 모르겠거든요?"

내 말을 들은 발터는 더는 숨기지 않아도 된다는 말투로 말했다.

"괜찮아. 나보다는 네가 라라티나 님을 더 행복하게 해줄 수 있겠지. 너희의 신뢰 관계는 두 눈으로 똑똑히 봤어. 너희는 진심으로 서로를 사랑하고 있지?"

"좋아. 너 밖으로 따라 나와. 영주 아들이든 뭐든 간에 박살을 내주겠어."

"카즈마 씨, 그만해! 할 거면 내가 없는 데서 해! 나까지 같이 처형당한단 말이야!"

내가 등 뒤에서 말리는 아쿠아를 개의치 않으면서 발터에게 드레인 터치를 먹이려 한 순간이었다.

"후후, 하하하하!"

다크니스의 아버지가 갑자기 웃음을 터뜨렸다.

우와, 오늘은 이런저런 일이 너무 많이 일어나서 힘든데요.

또 무슨 일이 터지는 건 진짜로 사양하고 싶습니다.

"좋아! 발터 공. 만약 내 딸이 혼기를 놓친다면 그때는 받아주지 않겠나?"

다크니스의 아버지가 느닷없이 그런 소리를 하자 발터는 당황했다.

"그, 그게……. 저야 물론 상관없습니다만……."

나를 쳐다보면서 말을 하려는 발터를 막은 다크니스의 아버지는 나를 향해 입을 열었다.

"그리고, 카즈마 군."

"윽?! 무, 무슨 일이죠?"

다크니스의 아버지가 느닷없이 말을 걸어온 탓에 나도 당황했다.

"딸을 잘 부탁하네. 그 녀석이 바보 같은 짓을 하지 못하도록 감시해주게나. 부탁하네."

이 아저씨는 무슨 소리를 하는 거지.

그래. 같은 파티에 소속된 모험가 동료로서 감시해달라는 부탁이겠지.

뭐, 그건 괜찮지만 그러면 지금까지 하던 일과 별 차이가 없잖아.

"……으응? 음……. ……어? 응접실? ……아……, 그래……."

다크니스가 깨어났다.

그와 동시에 정신을 잃기 전에 있었던 일이 생각난 것 같았다.

"……음, 혹시 이미 일을 치른 후인 건가? 내기에서 진 나는 의식을 잃은 사이에 온갖 능욕을……!"

"아직 아무 짓도 안했다고! 오해 사기 좋은 소리 좀 하지 마! 네가 자는 사이에 분위기가 엄청 미묘해졌단 말이다!"

그 말을 들은 다크니스가 주위를 둘러본 후, 나를 쳐다보며 씨익 웃었다.

……뭐야. 대체 무슨 생각을 하고 있는 거지?

나는 맞선을 시작하기 전에 다크니스가 했던 말을 떠올렸다.

나중에 돌아갈 때, 네가 죽도록 후회할 만한 사태를 벌여주겠다.

괜찮아. 문제될 건 없어.

다크니스가 무슨 소리를 하더라도 아무 문제없다고.

진정해. 진정해. 나는 현재 엄청 쿨하잖아.

차분하게 대처하면 아무런 문제…….

"아버님. 발터 공. 부디 이번 맞선은 없었던 일로 해주십시오. 지금까지 계속 숨겨왔습니다만…… 제 뱃속에는 카즈마의 아이가……."

"인마, 총각 딱지도 못 뗀 나를 가지고 무슨 소리를 하는 거야아아앗! 아무 짓도 안 했는데 내 애를 가졌다고? 너도 처녀면서? 네가 무슨 성모 마리아냐? 확 배빵을 날려버린다?!"

무시무시한 소리를 한 다크니스와 내 태도를 본 발터는—.

"그래. 뱃속에 카즈마 군의 애가 있다면 어쩔 수 없지. 그럼 제가 포기하겠습니다."

……그렇게 말한 후, 자리에서 일어났다.

젠장, 다크니스 녀석.

잠만 콜콜 잔 너는 모르겠지만, 이제 괜한 짓을 할 필요는 없단 말이다.

"아버지에게는 제가 거절했다고 말해두겠습니다. 그 편이 여러모로 낫겠죠."

그렇게 말한 발터는 「그럼 이만 실례하겠습니다」 하고 인사를 한 후, 밖으로 나갔다.

……좋은 녀석이네.

제발 부탁이니까 네가 다크니스를 아내로 받아줘…….

나는 히죽거리고 있는 다크니스를 쳐다보면서 땅이 꺼져라 한숨을 내쉬었다.

어쩔 수 없지. 조금만 더 이 녀석과 함께 모험을…….

바로 그때, 나와 다크니스는 이 자리에 있는 이들 중 상태가 이상한 사람이 있다는 사실을 눈치챘다.

"손주……. 첫 손주……. 나나나나, 나에게, 귀여운 손주가……!"

"아와와와와왕……. 카즈마와 다크니스가, 어느새 그렇고 그런 사이가 되다니……! 아, 알려야 해……! 빨리 마을 사람들에게 알려야 한다구……!"

엉엉 울고 있는 다크니스의 아버지와 쓸데없는 오해를 하고 있는 아쿠아에게, 우리는 30분이나 설명한 끝에 그 말이 거짓말이라는 사실을 이해시켰다.

12

"정말. 이래서야 순순히 맞선을 거절하는 편이 좋았을 것이다."

"그건 내가 할 말이야. 하아, 영주로부터 나를 감싸준 건 고마워. 하지만 앞으로는, 그 뭐냐, 자신을 희생시키는 방법은 쓰지 마. 다들 네가 돌아올 때까지 엄청 걱정했다고."

"카즈마야말로 다크니스를 발터라는 사람에게 떠넘기려 해놓고 은근슬쩍 이야기를 좋게 마무리 지으려고 하지 말라구! 이 남자, 정말 성격이 배배 꼬였다니깐!"

"그렇다! 무슨 걱정을 했다는 것이냐! 나를 내쫓으려고 했으면서……! ……아쿠아도 나를 결혼시키려고 했던 것 같다만?"

다크니스가 그렇게 말하자, 나와 아쿠아는 귀를 막았다.

그런 우리를 보면서 땅이 꺼져라 한숨을 내쉬던 다크니스는 퍼뜩 뭔가가 생각났는지—.

"그러고 보니, 카즈마! 아까 승부에서는 네가 이겼지 않느냐! 너는 대체 나에게 어떤 요구를 할 생각인 것이냐! 내가 상상한 것보다 더 엄청난 짓이라고 말했었다만……!"

그렇게 말한 다크니스는 볼을 붉히더니 기대에 찬 표정으로 나를 쳐다보았다.

그러고 보니 그런 약속을 했었지.

어쩌지. 뭘 시키지.

아니, 어쩌면 이건 엄청난 찬스 아닐까?

잠깐만. 그것보다…….

"아, 아쿠아 양? 너무 가까운데요?"

"……카즈마가 어떤 걸 요구할지 좀 궁금하네. 다크니스에게 어떤 엄청난 요구를 할 거야? 저기, 다크니스가 걱정을 끼친 탓에 열 받은 건 알지만, 너무 엄청난 짓을 요구하지는 마."

기대에 찬 다크니스의 시선과 비난이 섞인 듯한 아쿠아의 시선을 받은 나는…….

"그, 그건, 저택으로 돌아간 뒤에 천천히……."

임시방편의 대사를 입에 담으면서 저택의 문을 열었다—.

"흑……! 훌쩍……! 너, 너무해애애애애앳! 메구밍은 정말 너무하다구우우우우웃!"

"이제 그만 울음을 그쳐요! 카즈마 일행이 돌아올 때가 다 됐단 말이에요! 지금 돌아와서 이 광경을 본다면 내가 나쁜 짓을 한 것처럼……, 앗."

—현관에서 울고 있는 융융이 눈에 들어왔다.

그리고 그녀를 달래고 있는 메구밍과 시선이 마주친 나는 저택의 문을 살며시 닫았다.

다음 순간, 문이 활짝 열어젖혀졌다.

"어떻게 된 건지 설명할 테니까 못 본 척 하지 말아주세요!"

"아니, 됐어. 네가 남 괴롭히는 걸 좋아한다는 건 잘 알고 있거든."

나는 문을 열어젖히면서 허둥지둥 밖으로 튀어나온 메구밍에게 전부 다 이해한다는 투로 그렇게 말했다.

"그렇지 않아요! 저는 학창시절에 융융을……! 아, 지금은 융융에 관한 일로 떠들고 있을 때가 아니에요……!"

메구밍은 그렇게 말하면서 허둥지둥 지팡이를 휘둘렀다.

"너무해! 너너너, 너무하다구……! 나에 관한 일로 떠들고 있을 때가 아니라니……! 아, 아아아아아~!"

"아앗! 정말, 정말 성가시다니까요……! 죄송하지만, 잠시만 단 둘이 있게 해주세요!"

메구밍은 그렇게 말하면서 다시 문을 닫고 저택 안에 있는 융융과 단둘이서 이야기를 나눴다.

이윽고 다시 문이 열리더니 융융이 코를 훌쩍거리면서 저택 밖으로 나왔다.

"소, 소란을 피워서 죄송합니다……."

융융은 그렇게 말하면서 인사를 하고 돌아갔다.

……으음.

우리는 서로의 얼굴을 쳐다본 후, 애수가 느껴지는 융융의 등을 쳐다보았다.

다시 저택 안으로 들어가니 메구밍이 지칠 대로 지친 채 융단에 주저앉아 있었다.

하지만 그녀는 우리의 얼굴을 보더니 퍼뜩 얼굴을 치켜들었다.

"카즈마, 큰일 났어요! 큰일 났다고요!"

"아니, 여러모로 큰일이라는 건 방금 전의 너희 모습만 봐도 알 수 있는데……."

“그게 아니에요! 일단 융융 일은 제쳐두세요! 그건 집안싸움 같은 거니 그렇게 신경 쓰지 않아도 돼요! 다음에 짬이 나면 이야기해줄게요!”

저기, 무슨 일이 있었던 건지 엄청 신경 쓰이는데…….

하지만 메구밍은 지금은 그럴 걸 신경 쓸 때가 아니라는 듯이—.

“지금은 진짜로 그런 걸 신경 쓸 때가 아니라고요! 큰일 났어요! 일전의 그 검찰관이! 세나라는 이름의 그 사람이, 지금 이쪽으로 오고 있어요! 이번에야말로 카즈마를 체포하겠다고 씩씩거리면서요!”

새파랗게 질린 표정으로 허둥지둥 그렇게 말했다.

제4장 이 가면 쓴 기사에게 예속을!

1

"사토 카즈마! 사토 카즈마는 있느냐아아아아앗!"

아까 메구밍이 말한 대로, 세나가 씩씩거리면서 저택 안으로 뛰어 들어왔다.

"뭐, 뭐야! 또 개구리라도 나왔어? 아니면 다른 문제라도 발생한 거야?!"

그런 세나를 본 나는 약간 위축되면서 물었다.

"던전이다! 네놈, 던전에서 무슨 짓을 한 것이냐! 마을 근처에 있는 킬의 던전! 거기서 정체불명의 몬스터가 대량으로 발생하고 있단 말이다!"

세나는 시뻘건 얼굴로 그렇게 외쳤다.

정체불명의 몬스터? 요즘 마을 안에서 화제가 되고 있는 그거 말이구나.

"잠깐만 있어봐. 그건 우리와 상관없거든? 우리가 그 던전에 들어간 적은 있지만 뭐든 우리 탓으로 돌리면 곤란하다고."

내가 그렇게 말하자, 다른 동료들이 고개를 끄덕였다.

……다행이다. 다른 녀석들의 반응을 보아하니 나 몰래 사고를 친 것 같지는 않았다.

하지만 세나는 여전히 의심스러운 시선으로 나를 쳐다보면서 말했다.

"하지만 마지막으로 그 던전에 들어갔던 사람은 바로 당신들입니다. 지금까지의 예로 볼 때 분명 당신들 짓일 거라고 생각했습니다만……."

"그, 그런 억지가 어디 있어! 아무튼, 이번만큼은 짐작 가는 데가 전혀 없어. 그렇지? 응? 너희들 이번에는 아무 짓도 안했지?"

내가 그렇게 묻자, 전원이 고개를 끄덕였다.

그 모습을 본 세나는 미심쩍은 표정을 지으면서도 일단 납득해줬다.

"그렇다면 곤란하군요……. 분명 당신들이 무슨 일을 벌인 줄 알았습니다. 그렇다면 사람을 고용해서 조사해볼 수밖에 없습니다만……."

세나는 그렇게 말하면서 우리를 힐끔힐끔 쳐다보았다.

뭐야? 왜 우리를 어디 적당한 사람 없나~ 같은 시선으로 쳐다보는 거지?

"어머. 혹시 검찰관이나 되시는 분께서, 자기가 직접 혐의를 씌운 상대에게 조사 협력을 요청하려는 건 아니겠죠? 저희는 혐의를 풀 방법을 찾느라 바쁜 몸이라고요."

세나의 의도를 눈치챈 메구밍이 선수를 쳤다.

세나는 그 말을 듣고 입술을 깨문 후, 메구밍이 아니라 나를 쳐다보았다.

"……지금은 그런 일에 관여할 처지가 아니니 사양하겠습니다."

내가 딱 잘라 말하자, 세나는 한숨을 푹 쉬면서 고개를 숙였다.

"뭐, 이번 일과 관계가 없다면 억지로 부탁할 수도 없는 노릇이죠. 하지만 만약 마음이 바뀐다면 협력해주세요. 저는 이제부터 모험가 길드로 향할 겁니다."

그렇게 말한 후 뒤돌아선 세나는 저택 밖으로 나갔다.

세나가 나간 직후, 나는 땅이 꺼져라 한숨을 내쉬었다.

저 사람은 내가 거북해 하는 타입이다.

엄청 성실할 뿐만 아니라, 이 마을에서는 드물게 양식적인 사람이기 때문일까.

"흠. 던전에서 출몰하고 있는 정체불명의 몬스터는 조금 신경이 쓰이지만……. 우리에게는 해야만 하는 일이 있다. 우선 카즈마의 혐의를 벗기는 것. 그리고 영주의 저택을 변상하는 것이지. 아직 우리는 그 두 문제를 해결할 실마리조차 찾지 못했으니까 말이다."

그렇죠.

"……어이, 다크니스. 혹시나 해서 묻는 건데 말이야."

"돈을 빌려줄 수는 없다. 나는 이미 충분히 협력했지 않느냐. 그리고 좀 더 궁지에 몰린 카즈마가 보고 싶구나."

다크니스는 그렇게 말한 후, 나를 쳐다보면서 미소를 지었다.

크……. 이 녀석, 아직 나한테 화가 나 있나보군.

……그것보다, 정체불명의 몬스터라.

"어이, 혹시나 해서 한 번 더 묻는 건데 말이야. 너희 셋 다 짐작 가는 데가 없는 거지? 이번에는 안심해도 되는 거지?"

내가 묻자, 세 사람은 실망한 표정을 지었다.

"저는 폭렬마법이 얽힌 사건 이외에는 일으키지 않아요."

"나도 그렇다. 아니, 나는 이 두 사람과 달리 평소에 거의 문제를 일으키지 않지."

"앗……! 그러고 보니 다크니스는 큼직한 사건은 일으키지 않지만 그만큼 눈에 띄는 활약도 하지 않았어요! 디스트로이어와 싸울 때도 그랬고요!"

"뭐……! 메, 메구밍, 너……!"

나는 시끌벅적한 두 사람을 방치한 후, 가장 미심쩍은 녀석에게 한 번 더 물었다.

"너는 어때? 너도 짐작 가는 건 없지?"

아쿠아는 일말의 불안감이 담긴 내 말을 들은 후 말했다.

"물론 없어. 하아, 나를 너무 의심하는 거 아냐?"

아쿠아가 미간을 찌푸리면서 그렇게 말하자, 나는 가슴을 쓸어내렸다.

"그, 그렇지? 하긴, 아무리 너라도 사사건건 문제를 일으킬 리가 없지! 정말 미안해. 그 재판 탓에 의심병에 걸린 것 같아……."

나는 아쿠아에게 사과를 한 후, 뭐든 아쿠아 탓이라고 여기는 건 옳지 않다고 생각하며 반성—.

"정말. 나를 좀 신용하란 말이야. 그리고 그 던전은 내 덕분에 몬스터가 몰리지 않게 되었을걸? 던전 중심에 리치의 방이 있었잖아? 그때 내가 리치를 정화하는데 쓴 마법진은 온힘을 다해서, 기합을 팍팍 넣어가면서 만든 거야. 그 마법진은 지금도 그곳에서 사악한 존재가 방으로 들어오는 걸 막고 있을 거라구!"

—을 하려다, 그녀의 어깨를 힘껏 움켜잡았다.

"어이, 너 방금 뭐라고 했어?"

"응? 가, 갑자기 왜 그래? 말 그대로야. 내가 거기에 전력을 다해 만들어둔 마법진이 지금도 힘을 발휘하면서 몬스터가 다가가지 못하도록……."

"야 이 멍청아아아아아아아~!"

나는 아쿠아의 말을 끝까지 듣기도 전에 머리를 감싸 쥐면서 절규를 토했다.

2

—우리는 눈 덮인 길을 걸으면서 예의 던전으로 향하고 있었다.

"……훌쩍……. 내 탓이 아닌데……. 진짜로 아닌데……!"

아직도 훌쩍거리고 있는 아쿠아를 데리고 말이다.

앞장서서 걷고 있는 내 뒤를 아쿠아가 따르고 있으며, 그 뒤에서 메구밍과 다크니스가 걷고 있었다.

나는 아쿠아를 향해 고개를 돌리면서 말했다.

"왜 너는 매번 도움이 될 때마다 사고를 치는 거야. 혹시 활약과 사고를 정산 했을 때 플러스마이너스 제로로 만들지 않으면 큰일 나는 병에라도 걸린 거야?"

참고로 현재는 정산을 하면 마이너스가 되고 있었다.

"잠깐만! 이번은 진짜로 내 탓이 아니라고 봐! 내 말을 믿어줘! 나는 보스 방에 정화의 마법진을 설치했을 뿐이란 말이야! 그게 원인으로 몬스터가 대량 발생할 리가 없어! 일전의 악령 소동과 이번 일은 다르다구!"

아쿠아는 다시 걸음을 옮기기 시작한 내 어깨를 잡고 흔들어대면서 말했다.

"어이, 그만해. 걷기 힘들잖아! 그리고 네가 원인인지 아닌지는 중요하지 않아! 세나가 조사하려고 하는 던전 깊숙한 곳에 네가 만든 마법진이 남아있다는 게 문제란 말이다!"

던전 깊숙한 곳에 있는 마법진.

어떻게든 증거를 없애지 않으면, 또 우리가 의심받을 것이다.

일단 마법진을 지우기 위한 청소도구를 가지고 왔지만, 가능하면 안에 들어가지 않고 결판을 내고 싶다.

우리는 아쿠아가 난리를 피운 것 이외에는 별다른 문제없이 던전 앞에 도착했다.

"……흐음. 확실히 정체불명의 몬스터네."

던전에 도착한 우리는 입구에서 튀어나오고 있는 몬스터들을 떨어진 곳에서 관찰했다.

그것은 한 마디로 말해 가면을 쓴 인형이었다.

무릎 언저리까지 오는 크기의 인형은 두 발로 걷고 있었다.

"저 특이한 녀석들은 대체 뭘까요? 본 적도 들은 적도 없는 몬스터예요."

메구밍은 고개를 갸웃거리면서 매우 흥미롭게 그 인형들을 쳐다보고 있었다.

"그리고 겉보기에는 전투력이 없어 보이는구나."

무거운 갑옷을 걸친 다크니스는 실망한 어조로 중얼거렸다.

"나, 왠지 저 인형의 가면을 보니 생리적 거부감이 들어. 이유는 모르겠지만 저걸 보니 짜증이 마구 치솟네."

아쿠아는 그렇게 말하면서 근처에 있던 돌멩이를 주워 들었다.

—바로 그때였다.

“사토 씨……! 이런 데서 뭘 하고 있는 거죠? 혹시 몬스터 조사에 협력할 마음이 생긴 건가요?”

뒤편에서 들려온 그 말을 듣고 고개를 돌려보니, 다수의 모험가를 데리고 온 세나가 눈에 들어왔다.

갑옷을 걸치지 않은 세나는 묘한 문양이 그려진 부적을 들고 있었다.

벌써 온 거냐.

……어쩔 수 없지. 이렇게 되면 적당히 둘러댈 수밖에 없어.

“곰곰이 생각해보니, 정체불명의 몬스터가 발생한다는 건 우리에게도 남 일이 아니라는 생각이 들더라고요. 게다가 몬스터 때문에 불안에 떠는 마을 사람들을 지키는 것이야말로 모험가의 의무죠.”

“지금처럼 거짓말을 꿰뚫어보는 마도구가 있었으면 좋겠다고 생각한 적은 없습니다. ……그래도 협력해주신다니, 진심으로 감사드립니다.”

세나는 그렇게 말하면서 고개를 푹 숙였다.

어쩌지. 양심에 찔려서 죽을 것 같아.

이 사람은 나에게 원한이 있는 것이 아니라 그저 지나치게 성실한 것뿐이며, 순수하게 내 혐의를 추궁하고 있는 것이리라.

“그럼 사토 씨도 이걸 받으세요. 몬스터가 발생하는 원인은 아직 파악하지 못했지만 누군가가 몬스터를 소환하고 있을 가능성이 가장 농후합니다. 만약 그렇다면 소환자를 쓰러뜨린 후, 소환 마법진에 이걸 붙이세요."

세나는 그렇게 말하면서 들고 있던 부적을 나에게 건네줬다.

"……이건?"

"강력한 봉인 마법이 들어있는 부적입니다. 이걸 붙이면 제아무리 강력한 마법진도 즉시 쓸모없어질 겁니다. 몬스터 소환 마법진 중에는 그 마법을 사용한 자를 쓰러뜨려도 몬스터를 계속 소환하는 것도 있으니, 이걸 가지고 계세요."

호오, 이렇게 편리한 물건도 있구나. ―하지만 우리에게는 이런 게 필요 없다.

"아니, 필요 없어. 나한테 좋은 생각이 있거든. 일부러 몬스터가 들끓는 던전에 들어가지 않아도 되는 좋은 생각 말이야. ……메구밍! 준비됐어?"

"완벽해요. 맡겨만 주세요."

내 말을 들은 메구밍이 지팡이를 움켜쥐면서 앞으로 나섰다.

그 모습을 본 세나는 당황한 목소리로 말했다.

"뭐, 뭐죠? 대체 뭘 할 생각인거죠?! 설마……!"

"어, 감이 왔나 보네? 맞아. 던전 입구에 폭렬마법을 날려서 던전을 폐쇄해버릴 생각……."

"아, 안 돼요! 몬스터가 발생하는 원인을 규명해주세요! 이 몬스터는 자연 발생한 것이 절대 아닙니다. 이렇게 많은 몬스터가 발생한 걸 보면 상당한 거물이 이곳에 잠복 중일

가능성이 있죠. 던전을 봉쇄하더라도, 상대가 텔레포트를 사용할 수 있다면 도망칠 겁니다. 이렇게 엄청난 일을 벌일 수 있는 상대이니 반드시 발견해서 토벌해 주십시오."

젠장, 또 골치 아픈 소리를 하네.

큰일 났는걸. 던전에 들어갈 생각은 없었는데 말이야.

게다가 던전 안에서는 메구밍의 폭렬마법을 쓸 수도 없고…….

내가 고민을 하고 있을 때, 아쿠아가 가면을 쓴 몬스터를 향해 돌멩이를 던지려고 했다.

아까 생리적 거부감이 든다고 말했었는데 저렇게나 싫은 걸까.

아까까지는 우리에게 적의를 드러내지 않던 몬스터는 돌을 던지려하는 아쿠아를 향해 맹렬하게 돌진해 왔다.

"앗?! 뭐, 뭐야?! ……어, 어머?"

그리고 몬스터는 공격을 하는 게 아니라, 아쿠아의 무릎을 꼭 끌어안았다.

"뭐하는 거지? 재롱을 부리는 걸까? 저 가면을 보면 짜증이 치솟지만, 이렇게 재롱을 부리는 모습을 보니 귀여워 보이기도……. ……저, 저기, 카즈마. 이 인형, 왠지 점점 뜨거워지고 있거든? 그리고 엄청 불길한 예감이 들거든?!"

아쿠아는 고함을 지르면서 나에게 다가오려고 했지만, 그녀와 마찬가지로 불길한 예감이 든 나는 아쿠아에게서 허둥지둥 떨어졌다.

그리고—.

커다란 폭발음을 내면서 아쿠아에게 들러붙어 있던 인형이 흔적도 남지 않고 파괴됐다.

그리고 폭발이 일어난 자리에는 폭발에 휘말려 너덜너덜해진 아쿠아가 널브러져 있었다.

"……이 정체불명의 몬스터는 보다시피 움직이는 사람에게 들러붙어 자폭하는 습성을 지녔습니다. 모험가 길드에서도 아직 대처법을 찾지 못했죠."

"그렇구나. 꽤 골치 아픈 녀석인걸."

"두 사람 다 왜 그렇게 냉정한 거야! 나를 좀 더 걱정하라구! 위로하란 말이야!"

나와 세나가 차분하게 이야기를 나누고 있자, 벌떡 일어난 아쿠아가 금방이라도 울음을 터뜨릴 것 같은 목소리로 그렇게 외쳤다.

생각보다 멀쩡하네.

"하지만 골치 아프군요……. 이 몬스터는 자폭공격 이외의 공격수단은 없지만, 조금이라도 대미지를 받으면 자폭합니다. 그리고 대미지를 받지 않더라도 상대의 빈틈을 이용해 들러붙어서 자폭을 하죠. 즉, 원거리 공격으로 한 마리씩 처리할 수밖에 없어요."

세나는 그렇게 말하면서 무릎을 꼭 끌어안고 주저앉아서

메구밍에게 위로를 받고 있는 아쿠아를 쳐다보았다.

아쿠아는 저래 봬도 신구라고 불리는 최강 장비를 걸치고 있었다.

그게 없었다면 폭발로 상당한 대미지를 입었으리라.

정말 골치 아픈 몬스터네.

돌이라도 던지면서 나아갈까?

하지만 저렇게 많은 몬스터가 지상으로 나오고 있는 것을 보면, 던전 내부에서도 엄청난 숫자의 몬스터가 북적대고 있을 것이다.

그 많은 몬스터들을 한 마리 한 마리 처리하면서 나아가는 것은 무리나 다름없다.

게다가 저 몬스터의 목적을 짐작조차 할 수 없었다.

대체 누가, 어떤 목적으로 이런 몬스터를 풀어놓고 있는 것일까.

—내가 그런 고민을 하고 있을 때, 다크니스가 한 인형에게 다가가더니 느닷없이 주먹을 휘둘렀다.

"어?! 야, 갑자기 뭐하는 거야?!"

그 행동을 본 나와 주위의 모험가들이 당황하는 가운데, 두들겨 맞은 인형이 다크니스에게 들러붙었다.

이윽고 그 인형은 아쿠아 때와 마찬가지로 폭발했다.

그리고 폭발이 발생한 후—.

"……음. 이 정도면 딱히 문제될 건 없다."

그렇게 말한 다크니스는 멀쩡하기 그지없었다.

다크니스의 맷집을 본 세나와 다른 모험가들이 완전히 질려버린 가운데…….

"내가 앞장서서 몬스터들을 처리하겠다. 카즈마는 내 뒤를 따라와라."

다크니스가 나를 향해 사나이다운 발언을 했다.

이번 던전 탐색은 예전처럼 잠복 스킬을 이용한 침입이 아니다.

다른 모험가들과 함께 정면에서 쳐들어갈 계획이다.

바로 그때, 메구밍이 내 옷자락을 잡아당기면서 말했다.

"저기, 카즈마. 저는 안에 들어가 봤자 짐밖에 안 되니 여기서 기다리고 있어도 될까요? 던전 입구에서 언제든지 마법을 쓸 수 있도록 준비하고 있을 테니, 강한 몬스터와 만나면 입구로 도망치세요."

그러고 보니 던전 안에는 이 몬스터들을 소환하고 있는 녀석이 있을 것이다.

그리고 그런 녀석들은 보통 강력한 적일 때가 많다.

메구밍은 강한 몬스터에게 쫓기게 되었을 때에 대비한 비장의 카드로서 대기시켜두는 편이 나을 것이다.

"그럼 나는 메구밍과 함께 여기서 기다리고 있을게. 던전에 들어가기 전에 지원마법을 걸어줄 테니까 둘 다 조심해."

아쿠아도 그을음이 잔뜩 묻은 옷자락을 털면서 그런 소리를—.

"야, 무슨 소리를 하는 거야! 너는 같이 가야지! 메구밍과 달리 너는 던전 안에서도 할 수 있는 일이 있잖아!"

"싫어어어어어! 이제 던전은 싫다구! 던전에 들어가면 또 나를 두고 올 거잖아! 틀림없어! 그리고 수많은 언데드에게 쫓기게 될 거라구우우우!"

귀를 막으며 몸을 웅크린 아쿠아는 고개를 세차게 저으면서 절규를 토했다.

아무래도 일전에 내가 이 녀석을 던전에 버려두고 온 게 트라우마가 된 것 같았다.

나는 잠시 동안 고민한 후, 아쿠아도 두고 가기로 했다.

이 녀석을 데리고 가면 언데드 몬스터와 맞닥뜨릴 확률이 극심하게 올라간다.

이번에는 다른 모험가들과 같이 돌입하니, 만에 하나 고스트처럼 실체가 없는 언데드 몬스터와 마주쳐도 다른 누군가가 유효한 공격수단을 가지고 있으리라.

"그럼 우리 파티 중에서 던전에 들어가는 건 나와 다크니스뿐이구나."

"……음. 어두운 던전 안에서 카즈마와 단둘이 있는 건가. 몬스터보다 카즈마가 더 위험할 것 같구나."

"너도 확 던전에 버려두고 와서 아쿠아처럼 트라우마가 생기게 해줄까?"

우리가 그런 소리를 하는 사이, 다른 모험가들도 던전에 돌입할 멤버를 정한 것 같았다.

일부 모험가는 지상에 남아서 세나의 호위와 밖으로 나오는 몬스터들을 제거하기로 했다.

그리고 우리와 함께 던전에 돌입하는 이들은 남녀를 합쳐 스무 명 정도였다.

다크니스가 선두에 서고, 다른 모험가들이 그 뒤를 따르기로 했다.

—내가 든 랜턴의 불빛이 어두운 던전의 통로를 비췄다.

자폭공격을 받을 지도 모르는 다크니스는 대검만 들고 있었다.

다크니스의 몇 걸음 뒤에서 걷고 있는 나는, 앞장서서 걷는 그녀의 앞을 비추기 위해 랜턴을 높이 치켜든 채 뒤를 따르고 있었다.

그리고 그런 내 뒤를 다른 모험가들이 따라오고 있었다.

던전 안은 어둡고 눅눅했지만 이렇게 사람들이 많으니 무섭지 않았다.

하지만 우리의 목적은 다른 모험가들과 달랐다.

다른 모험가들의 목적은 몬스터의 발생 원인을 조사하는

것이지만, 우리의 목적은 리치의 방에 있는 마법진을 지워서 증거를 인멸하는 것이다.

그렇기 때문에 다른 모험가들이 졸졸 따라오면 매우 곤란했다.

—하지만, 그것보다…….

"후후후후. 하하하하하핫! 잘 봐라, 카즈마! 맞는다! 맞는단 말이다! 이 녀석들은 내 공격에도 맞는구나!"

내 앞에서 걷고 있는 다크니스는 희희낙락하면서 검을 휘둘러서, 공격을 피하지 않는 인형들을 썰어대고 있었다.

물론 인형들은 자폭을 통한 반격을 날리고 있지만, 다크니스는 얼굴과 갑옷이 그을음 범벅이 됐는데도 태연자약한 표정으로 즐거운 듯이 앞으로 나아가고 있었다.

아무래도 공격이 명중하지 않는 걸 아주 조금은 신경 쓰고 있었던 것 같았다.

그럼 괜한 고집 피우지 말고 그냥 《대검》 스킬을 익히면 될 텐데 말이다.

자신이 제대로 활약하고 있는 게 꽤나 기쁜지 다크니스는 전차처럼 던전 안을 나아갔다.

폭발이 연속적으로 발생하고 있는데도 유명한 리치가 직접 만든 이 던전은 꽤 튼튼한지 무너질 기색조차 보이지 않았다.

"어, 어이, 기다려! 좀 천천히 가자고……!"

뒤쪽에서 다른 모험가의 목소리가 들렸다.

고개를 돌려보니, 다크니스가 앞만 보며 쭉쭉 나아간 탓에 다른 모험가들과 거리가 벌어지고 말았다.

그리고 통로의 측면에서 인형 몬스터가 튀어나오고 있었다.

"자, 잠깐만……! 아아아아, 들러붙었어! 어이, 누가 좀 이 녀석을 떼어내줘!"

"우와앗! 오지 마! 이쪽으로 오지 말라고!"

몬스터의 폭발력은 상당했다.

하지만 다크니스처럼 튼튼하거나, 아쿠아처럼 신구를 지니지 않았더라도, 갑옷을 입은 모험가라면 죽지는 않을 것이다.

그러니 미안하지만……!

"가자, 다크니스! 이 길을 똑바로 쭉쭉 가자고!"

"좋다. 나만 믿어라! 아아, 이 고양감은 뭐지?! 나 자신이, 처음으로 크루세이더로서 활약하고 있는 느낌이 든다!"

흥분한 듯한 다크니스는 뒤쪽의 상황을 눈치채지 못한 것 같았다.

이대로 단숨에 리치의 방까지 간 후, 이 던전과 바이바이하자고!

3

지나칠 정도로 순조롭게 안쪽으로 이동한 우리는 목적지인 리치의 방 근처에 도착했다.

내 기억이 정확하다면, 이 통로의 끝에 리치의 방이 있을 것이다.

"……저거, 역시 이 몬스터들의 주인이 틀림없어 보이지?"

나와 다크니스의 앞에는, 리치의 방 앞에서 책상다리를 하고 앉아서 지면의 흙을 빚어 인형을 만들고 있는 이가 있었다.

던전과는 어울리지 않는 검은색 턱시도를 입고, 새하얀 장갑을 낀 채 인형을 만드는 녀석은 우리를 공격한 인형과 동일한 디자인의 가면을 쓰고 있었다.

입가가 드러나는 가면을 본 나는 불길한 인상을 받았다.

랜턴을 든 우리를 발견하지 못했을 리가 없지만, 인형을 만드는데 열중한 녀석은 우리를 쳐다보지도 않았다.

가면 탓에 얼굴은 보이지 않지만 체격으로 볼 때 남자 같았다.

어떻게 할지 고민하고 있을 때, 다크니스가 가면을 쓴 그 남자를 향해 서슴없이 다가갔다.

"……어이. 네놈은 여기서 뭘 하고 있는 것이지? 그 인형을 만드는 걸로 볼 때, 네 놈이 이 몬스터 소동의 원흉이 틀

림없어 보이는구나."

그리고 다크니스는 대검을 뽑아들더니 전투태세를 취했다.

가면을 쓴 남자는 다크니스의 말을 듣고서야 우리의 존재를 눈치챈 것처럼 고개를 들어 우리를 쳐다보았다.

유심히 보니 녀석은 몸집이 꽤 컸다.

무기는 지니지 않았지만 졸개가 아니라는 것은 한 눈에 알 수 있었다.

남자는 가면의 눈 부분을 붉은 색으로 반짝이더니 입가를 일그러뜨렸다.

"……호오, 용케도 여기까지 왔구나. 내 던전에 잘 왔다, 모험가여! 내가 바로 만악의 근원이자 원흉! 마왕군 간부이자 악마들을 이끄는 지옥의 공작! 이 세상 모든 것을 내다보는 대악마, 바닐이다!"

생각지도 못한 엄청난 거물이 등장했다!

—나는 어두운 던전 안에서 살금살금 뒷걸음질을 쳤다.

다크니스가 바닐을 쳐다보며 검을 치켜들었지만 상대가 마왕군 간부라는 사실을 알고 긴장한 것 같았다.

큰일 났다. 다크니스와 단둘이 있을 때 마왕군 간부와 마주칠 거라고는 꿈에도 생각 못했다.

아니, 지금 생각해보면 징조는 있었다.

예를 들자면 동면중이던 개구리들이 뭔가에 겁을 먹은 것처럼 튀어나왔다.

어쩌면 그 개구리들은 폭렬마법 때문에 겁을 먹고 튀어나온 것이 아닐지도 모른다.

베르디아가 나타났을 때도 약한 몬스터들이 겁을 먹고 도망치는 일이 있었다.

"다크니스. 어, 어이, 다크니스. 우리 둘이서 이 녀석을 상대하는 건 불가능해. 어떻게든 도망치자!"

"무슨 소리를 하는 것이냐! 여신 에리스를 섬기는 자가 마왕군 간부, 그것도 악마를 보고도 물러설 수 있을 것 같으냐! 같이 죽는 한이 있더라도 저 녀석을 쓰러뜨리겠다!"

이 여자는 왜 이렇게 고집이 센 거야!

다크니스가 그렇게 외치자, 바닐은 재미있다는 듯이 입가를 일그러뜨리면서 말했다.

"호오. 이 몸을 쓰러뜨리겠다는 것이냐? 마왕보다 강할지도 모른다는 말을 듣는 나, 바닐을 말이냐? 하지만……. 저기 있는 남자에게 욕실에서 알몸을 보여줬을 때, 자신의 잘 쪼개진 복근을 보여준 건 아닌지 걱정하고 있는 소녀여. 왜 그렇게 화가 난 건지는 모르겠지만 그럴 때는 조그마한 뼈를 씹는 게 좋다고 들었다. 이 몸의 가면 중 일부는 마룡의 뼈로 되어있지. 한 번 씹어 보겠느냐?"

"후후, 복근……! 이이, 이, 놈! 헛소리 하지 마라, 마왕의 앞잡이야! 카즈마, 이 녀석이 하는 말은 전부 헛소리다! 내 복근은 쪼개져 있지 않고, 그런 걸 신경 쓰지도 않는단 말이다!"

"어, 어이, 진정해, 다크니스! 일단 좀 냉정해지라고!"

나는 검을 휘두르며 바닐에게 달려들려고 하는 다크니스를 꼭 끌어안으면서 말렸다.

흥분한 다크니스는 안중에도 없는 듯, 바닐은 바닥에 느긋하게 앉은 채 말했다.

"뭐, 좀 진정해라. 이 몸은 너희와 다투기 위해 이 땅에 온 게 아니다. 마왕 녀석의 부탁으로 뭔가를 조사하러 온 거다. 그리고 액셀 마을에 살고 있는, 열심히 일할수록 가난뱅이가 되고 마는 불가사의한 특기를 지닌 얼간이 점주에게 볼일이 있지."

바닐의 말을 들은 나는 무심코 다크니스와 얼굴을 마주했다.

4

다크니스가 옆에서 언제든 공격을 할 수 있도록 전투태세를 취한 가운데, 나는 던전 바닥에 앉아서 바닐의 이야기를 듣고 있었다.

"나는 마왕군 간부가 분명하지만 마왕 녀석의 부탁으로

성의 결계를 유지하고 있을 뿐인 엉터리 간부지. 그리고 나는 세간에서 악마족이라 부르는 존재다. 악마가 가장 좋아하는 식사는 너희 인간들이 뿜어내는 부정적인 악감정이지. 우리에게 있어 너희 인간은 맛난 음식을 만들어내는 기계다. 그런 인간을 망가뜨리거나 상처 입히는 건 그야말로 난센스지. 오히려 너희 인간이 태어날 때마다 우리는 어깨춤을 덩실덩실 출 정도로 기뻐한다."

"그, 그렇구나……. 하지만 우리가 악감정을 뿜게 하기 위해 해를 끼치지는 않는 거야? 평화롭게 살기만 하면 나쁜 감정이 그다지 생겨나지 않을 거 아냐."

아직까지는 적의를 보이고 있지 않지만, 상대가 진짜로 마왕군 간부라면 우리 둘이서 상대하는 것은 무리다.

그러니 지금은 대화로 풀어나가면서 전투를 피하는 편이 낫다.

그나저나 결계 유지를 위한 엉터리 간부라—.

위즈와 같은 처지의 녀석인 건가.

바닐은 던전 바닥에 앉아서 인형의 가면을 만들면서 말했다.

"뭐, 악감정이라고 해도 종류가 다양하지. 그리고 악마에 따라 미각도 다르며 취향도 다르다. 인간의 공포와 절망을 좋아하는 녀석도 있는가 하면, 절세의 미녀로 변해 남자에게 다가가 반하게 만든 후 『유감이지만 사실은 이 몸이었습니다!』라고 말하면서 상대가 피눈물을 흘리게 만드는 걸 좋아하는 이 몸 같은 악마도 있다."

"역시 너는 퇴치해버리는 게 좋을 것 같아."

나는 수상쩍은 가면을 쓴 악마를 향해 미심쩍은 시선을 보냈다.

—이 악마는 마왕에게, 베르디아를 쓰러뜨린 인간을 조사하라는 명령을 받았다고 한다.

"마왕 녀석의 부하를 골리면서 악감정을 맛보고 있을 때였지……. 『멋대로 성에 눌러앉아 부하들을 괴롭히지 말고, 때로는 일을 좀 해보지 않겠느냐……』면서 마왕이 부탁을 하더구나. 이 마을에 사는 옛 친구도 만날 겸 조사를 맡기는 했지. 그리고 이곳을 지나다 주인이 없는 던전을 발견해서 멋대로 눌러앉은 거다."

조사는 안 하냐, 친구는 안 만나냐, 너무 변덕이 심하잖아, 같은 태클을 날리고 싶었지만 그런 말을 듣고 맡은 일을 하기로 마음먹으면 곤란했다.

왜냐하면, 베르디아를 쓰러뜨린 인간은 바로 우리들이기 때문이다.

—이대로 이 녀석을 방치해둔 채 돌아가고 싶지만, 못 본 척 할 수 없는 점이 딱 하나 있었다.

"너, 아까는 인간이 상처 입으면 곤란하다는 식의 이야기를 했었잖아. 그럼 이 인형은 뭐야? 던전에서 튀어나와 마을 사람들에게 많은 피해를 입히고 있다고."

"……음? 이 몸은 이 녀석들로 던전 안의 몬스터를 제거하고 있었을 뿐이다. 흠, 던전 밖으로 흘러나간 걸 보면 이제 던전 안에는 몬스터가 존재하지 않는 것 같군. 그럼 바닐 인형의 양산을 중지하고 슬슬 다음 계획을 실행에 옮겨볼까."

"……다음 계획? 너 대체 뭘 꾸미고 있는 거야?"

내 말을 들은 바닐은 만들던 인형을 흙으로 되돌리면서 입을 열었다.

"꾸민다는 말은 조금 심한 걸. 갑옷 입은 아가씨가 며칠 돌아오지 않았을 뿐인데 자기 방 안에서 안절부절 못하면서 걱정한 남자여. 이 몸은 악마로서 큰 꿈을 가지고 있다. 그리고 그걸 이루기 위해 이 땅에 왔지."

"어이, 그만해. 너, 아무리 모든 것을 내다보는 악마라고 해도 그렇게 직접 보기라도 한 것처럼…… 너, 너도 부끄러움 타지 말라고."

옆에서 약간 볼을 붉힌 채 나를 쳐다보는 다크니스를 보니 짜증이 치솟았다.

걱정을 한 것은 사실이지만, 방안에서 안절부절은…….

……그렇게 많이 하지는 않았다.

"악마의 꿈이라면 엄청 무시무시한 거겠지. 일단 그게 어떤 꿈인지 물어봐도 되겠나?"

다크니스가 굳은 시선으로 주시하면서 묻자, 바닐은 고개를 끄덕이면서 입을 열었다.

"한없이 긴 세월동안 존재해온 이 몸은……. 옛날부터 파멸을 소망해왔다. 그야말로 최고의 악감정을 맛본 후, 화려하게 소멸하는 것을 꿈꿔왔지. ……이 몸은 생각했다. 대체 언제부터 그런 생각을 해왔는지도 기억이 나지 않을 만큼, 먼 옛날부터 이 몸은 계속 생각해왔지. 어떻게 해야 이 몸의 취향에 맞는 최고의 악감정을 먹을 수 있을 것인가, 를 말이다. 그리고 답을 찾아냈다……."

바닐이 씨익 웃자, 나는 마른 침을 꿀꺽 삼켰다.

"우선 던전을 손에 넣는다. 그리고 던전의 각 방에 내 부하 악마들을 배치해 엄청난 함정을 파놓는 것이다! 그 함정에 도전하는 실력파 모험가들! 그들은 내 던전에 몇 번이나 도전하겠지! 그리고 언젠가는 그들 중 누군가가 이 던전의 가장 깊은 곳에 도달할 것이다!"

흥분했는지 바닐은 손을 휘두르면서 열변을 토했다.

"그리고 던전의 가장 깊은 곳에서 마지막으로 그들을 기다리고 있는 이는 바로 이 몸이지! 그때, 나는 말할 것이다. 『모험가여! 용케도 여기까지 왔구나! 자, 나를 쓰러뜨린 후, 막대한 보물을 손에 넣거라……!』 하고 말이다. 그리고 시작되는 최후의 싸움! 나는 모험가들과 격전을 벌인 끝에, 결국 당하고 말 것이다. 그리고 땅에 쓰러진 이 몸의 뒤편에 엄중히 봉인된 보물 상자가 나타나는 거지. 의식이 흐려져

가는 이 몸의 눈앞에서, 고난을 뛰어넘은 모험가들이 그 상자를 열자……!"

나와 다크니스는 무심코 마른 침을 삼키며 이야기에 몰입했다.

"…………상자 안에는 꽝이라고 적힌 종잇조각이 있는 것이다. 그것을 보고 망연자실해하는 모험가들을 보면서 이 몸은 소멸하고 싶다."

"관둬. 진짜로 불쌍하니까, 그것만은 관두라고……."

"어이, 카즈마. 역시 이 녀석은 이 자리에서 해치워야 한다고 생각한다."

바닐은 나와 다크니스를 바라보며 훗 하고 웃은 후 말했다.

"이 몸의 친구는 이 땅에서 가게를 경영하고 있다. 거기서 일을 해 돈을 모은 후, 그 자금으로 친구에게 거대 던전을 만들어달라고 할 생각이었다. 하지만 이 근처를 지나다 이 던전에 주인이 없다는 사실을 알게 됐지. 그리고 이 던전으로 충분하다고 판단했기에 이곳에 눌러앉은 것이다."

"그런 어이없는 이유로 눌러앉으면 곤란하다고. ……뭐, 네가 여기서 뭘 하려는 건지는 알았어. 더는 그 인형을 만들 생각이 없는 것 같으니, 나는 더 이상 아무 말도 하지 않을게. 우리는 네 뒤편에 있는 방에 그려진 마법진에 볼일이 있거든. 사실 우리는 저 방에 있는 마법진을 지우러 온 거야."

“뭐……?! 어이, 카즈마. 지금은 마법진보다 이 녀석을 우선해야 하지 않느냐! 마왕군 간부를 방치해둘 생각인 것이냐?! 우리의 눈앞에 있는 이 녀석은 인류의 적이다!”

그야 그렇지만, 나와 다크니스 둘이서 마왕군 간부를 쓰러뜨리는 건 무리라고.

내가 마법진을 지우고 돌아가기 위해 몸을 일으킨 바로 그 순간이었다.

“……마법진? 호오, 실은 이 몸도 골치를 썩이고 있었다. 너희가 저 마법진을 지워주겠다는 것이냐? 정말 친절하구나. 어디 사는 민폐덩어리가 만든 건지는 모르겠지만, 저 골치 아픈 마법진 때문에 방 안에 들어가지 못해 난처하던 참이다. 마법진을 없애준다면 이 몸께서 직접 만든 밤마다 웃어대는 바닐 인형을 너희에게 주지.”

“돼, 됐어. 그리고 우리도 저 마법진이 남아있으면 곤란하거든. 저걸 없앤 후 우리는 돌아갈 테니까, 그 후에는 너 하고 싶은 대로 해.”

후딱 마법진을 지우고 돌아갈 생각인 내가 별 생각 없이 그렇게 말하자—.

“왜 이 마법진이 있으면 그대가 난처해지는 것이지? 어디 어디, 그대의 과거를 좀 구경…….”

바닐이 흥미가 생겼는지 별 일 아니라는 듯이 그런 소리를 했다.

……어, 잠깐 기다……!

"…………후하하."

내가 말리기도 전에 뭔가를 꿰뚫어본 듯한 바닐이 메마른 웃음을 터뜨렸다.

그 기묘한 반응을 본 다크니스는 나를 감싸듯 앞으로 나섰다.

"후하하하, 후하하하하하! 후하하하하하하하하하! 맙소사! 네놈들의 동료인 프리스트가 이 민폐덩어리 마법진을 만든 것이냐! 대악마인 이 몸조차 들어갈 수 없는 마법진을 만들다니, 그 프리스트는 설마……!"

큰일 났다. 잘은 모르겠지만 이 악마를 자극한 것 같다!

천천히 몸을 일으킨 바닐의 눈은 가면 너머에서 붉은 색으로 빛나고 있었다.

홍마족의 붉은 눈동자와는 달랐다. 그야말로 마족다운, 인간이 본능적인 공포를 느끼게 만드는 핏빛을 띤 눈동자 색깔이었다.

"호오……. 보인다! 똑똑히 보여! 지상에 있구나! 저 마법진을 만든 프리스트가 이 던전의 입구에서 차를 마시며 심심해 죽겠다는 듯이 축 늘어져 있는 모습이 보인다!"

그게 사실이라면 지금 바로 돌아가서 「누구 때문에 이런 고생을 하고 있는지 알기는 하냐!」라고 외치면서 아쿠아를 냅다 때려주고 싶었다.

바닐은 가면 너머의 눈동자를 반짝이면서 말했다.

"자, 이 남자와의 내기에서 지고 『엄청난 요구』라는 게 무엇일지 신경 쓰여서 아까부터 흥분과 기대를 주체 못하고 있는 소녀여. 그리고 이 일을 처리한 후 저 소녀에게 어떤 요구를 할지 들뜬 마음으로 고민하고 있는 남자여. 비켜주실까! 걱정하지 마라, 『인간은 죽이지 않는다』가 이 몸의 철칙이다. 그래. 인간은 죽이지 않는다. ……『인간』은 말이다! 이런 골 때리는 마법진을 만든 걸 후회하게 만들어주마!"

"신경 쓴 적도 없고, 흥분한 적도 없고, 기대한 적도 없으니, 말도 안 되는 소리는 하지 마라! 하하하, 하지 말란 말이다아앗!"

"그그, 그래! 나도 딱히 들뜬 적 없다고! 어어, 없단 말이야!"

마음을 꿰뚫어볼 수 있는 바닐이 날린 정신공격을 겨우겨우 견뎌내고 있을 때, 그가 우리를 향해 한 걸음 내디뎠다.

모든 것을 내다보는 악마라는 이 녀석은 방금 『인간』을 죽이지 않는다는 말을 강조했었지?

그럼, 이미 아쿠아의 정체를 파악한 건가……?!

바로 그때, 다크니스가 우리를 향해 다가오는 바닐을 향해 대검을 들었다.

"네놈이 아쿠아에게 해를 입힐 생각이라면 절대 물러설 수 없다. 여신 에리스를 섬기는 크루세이더로서 너를 이대로 보낼 수는 없어!"

"복근만이 아니라 뇌도 단단해 보이는 소녀여. 이 몸은 마음만 먹으면 네놈들을 간단히 죽일 수 있다. 하지만 이 몸은 인간을 죽일 생각이 없다. 왜냐면 언제 누가 최고의 악감정을 만들어낼지 모르니까 말이다. 빨리 돌아가서 너희가 기대하고 있는 『엄청난 요구』라는 걸 하고 와라. 내다보는 악마가 보장하마. 지금 바로 돌아가면, 너희 둘 다 아무에게도 방해받지 않으면서 너희가 기대하고 있는 일을 할 수 있을 것이다.

이, 이 녀석……!

"다크니스, 저 녀석의 말을 듣지 마! 저건 틀림없는 악마의 속삭임이야! 저런 달콤한 말에 속지 말라고!"

"누, 누가 속는다는 것이냐! 카즈마야말로 때와 장소를 가려라!"

어, 어라?! 내가 이렇게 마음이 흔들리고 있는데 다크니스는 괜찮은 거야……?!

뭐야. 뭐가 내다보는 악마야. 아까 했던 『아까부터 흥분과 기대를 주체 못하고 있는 소녀여』라는 말을 진짜로 믿었잖아.

……내가 다크니스를 힐끔 쳐다보니 그녀는 볼을 약간 붉히고 있었으며, 쥐고 있는 검 또한 그녀의 갈등을 나타내듯

덜덜 흔들리고 있었다.

"후하하하하하! 서로를 이성으로서 의식하고 있지만, 같은 파티이기 때문에 선을 넘지 못하고 있는 소심한 자들이여! 자, 비켜라! 뭣하면 이 몸을 보내준 후, 마법진이 쳐진 저 방에서 오붓한 시간이라도 보낸 뒤에 돌아가거라!"

악마의 속삭임은 그야말로 무시무시했다!

이렇게 흉악한 함정을 펼친 적은 지금까지 단 한 명도 없었다!

"어이, 카즈마! 갈등하지 마라! 한 지붕 아래서 살고 있는 우리가 그렇고 그런 관계가 될 수는 없지 않느냐! 정신 바짝 차려라!"

"앗! 그, 그래! 상대는 다크니스잖아! 정신 똑바로 차리라고, 나! 외모가 반반하고 몸매가 취향이기는 하지만, 정신상태가 좀 그런 다크니스가 상대잖아! 한 때의 욕구에 휘둘리지 마!"

"이, 이 자식, 돌아가서 두고 보자……!"

여자의 마음은 정말 갈대인 것 같았다.

"호오. 내 감언에 휘둘리지 않은 것이냐. 하지만 말이다. 이 몸이 사용하는 수많은 기술 중에는 각종 치트급의 위력을 지닌 게 많지. 이 몸의 바닐식 살인 광선은 말 그대로 인간을 죽이는 광선이기에 인간인 너희가 맞으면 죽는다. 맞지 않아도 죽지. 그 외에도 바닐식 눈깔 빔도 있지만, 이걸

쓰면 이 몸의 눈이 타들어간다는 결점이 있어서 아직 한 번도 쓴 적이 없으며……."

"이, 이제 됐다! 네놈과 더 이야기를 했다간 머리가 이상해질 것 같다! 너를 아쿠아에게 가도록 놔둘 수는 없다! 꼭 가야겠다면 나를 쓰러뜨리고 가라!"

그렇게 말한 다크니스가 바닐을 향해 대검을 휘둘렀다!

5

바닐은 다크니스가 몇 번이나 날린 공격을 가볍게 피하면서 희열 섞인 웃음을 터뜨렸다.

"후하하하하하핫! 소녀여! 위세에 비해 공격은 그야말로 빵점이구나! ……으음? 입만 살았을 뿐 지금까지 멋진 활약 한 번 하지도 못한 남자는 어디 갔지?"

바닐은 어느새 사라진 나를 찾기 위해 주위를 둘러보았다.

……그래, 나는 멋진 활약을 한 적 없어. 어차피 내가 가진 거라고는 수수한 기술뿐이거든!

"대체 어디를 보는 것이냐! 네 상대는 바로 나다!"

그런 다크니스의 말을 들으면서 바닐은 중얼거렸다.

"그 교활한 남자는 어디로 사라졌지? 뇌가 근육으로 된 크루세이더보다는 그런 자가 더 성가시지. 기척은 느껴지는데 대체……."

다크니스가 공격을 시작한 순간, 지면에 랜턴을 내려둔 나는 벽에 들러붙어서 잠복 스킬을 펼쳤다. 그리고 바닐의 뒤편으로 이동했다.

교활한 게 뭐 어때서. 마왕군 간부 상대로 정정당당하게 싸우는 바보가 어디 있냐고.

"이제 그만, 이쪽을 쳐다봐라아아아앗!"

다크니스가 검을 수평으로 휘둘렀다.

그 순간, 바닐은 뒤쪽으로 크게 몸을 날렸다.

—숨어있는 나에게 등을 보이면서 말이다.

잠복 스킬을 해제한 나는 바닐의 등을 향해 모든 체중이 실린 날아차기를 날렸다!

"커억?! 이 자식, 어느새……, 아, 아차……?!"

앞쪽을 향해 몸을 기울인 바닐은 방금 빠져나왔던 다크니스의 공격 궤도에 다시 들어갔다.

공격 자체는 서툴지만 위력은 뛰어난 다크니스의 검이 바닐의 몸통을 그대로 베었다.

잘려나간 바닐의 왼팔은 허공을 갈랐고, 몸통에서 치명상을 입은 바닐은 그대로 무릎을 꿇었다—!

"이 몸이 당하다니……. 크윽, 방심했구나……! 이 풋내기 모험가의 마을에 너희 같은 강자가 있었을 줄이야……! 크……. 맙소사, 이 몸은, 이대로 소멸하고 마는 건……가……."

그런 말을 남긴 후, 바닐의 몸은 턱시도와 함께 붕괴되더니, 결국 그가 쓰고 있던 가면만이 남았다.

지면에 굴러다니는 랜턴이 주위를 비췄고, 어두운 던전 안에서는 다크니스의 거친 숨소리만이 울려 퍼지고 있었다.

"……이럴 수가. 내가 진짜로, 마왕군의 간부를 해치운……건가……?"

스스로도 믿기지 않는다는 표정을 지은 다크니스는 검을 움켜쥐더니, 전투 후의 흥분이 가시지 않은 것처럼 몸을 부르르 떨었다.

"……이 상황에서 『해치웠나?!』 같은 소리를 하면 해치우지 못했을 때가 많아. 하지만 이 녀석은 아까 베이면서 엄청 놀랐었잖아. 진짜로 해치운 것 아닐까?"

"일부러 그런 기대를 품게 한 것이다."

내 말에 반응하듯, 갑자기 목소리가 들려왔다.

그 목소리는 지면에 떨어진 가면에서 나오고 있었다.

가면의 뒷부분이 던전의 흙을 빨아들이더니 몸이 생겨나기 시작했다.

그리고 아까와 완전히 똑같은 턱시도 차림의 육체가 완성됐다.

"설마 해치웠다고 생각했나? 유감이지만 전혀 대미지를 입지 않았습니다! 후하하하하하! 후하하하하하핫! 어이쿠, 그대들의 악감정, 꽤나 맛이 좋은걸!"

이 녀석, 확 죽여 버리고 싶네!

“너의 그 말도 안 되는 몸은 뭐야? 마왕군 간부면 그딴 짓도 할 수 있는 거냐?!”

“으으으……. 해치운 줄 알았는데……. 평소 공격을 명중시키지 못하는 내가 마왕군의 간부를 해치운 줄 알았는데……. 디스트로이어와 싸울 때 전혀 도움이 되지 않은 만큼, 이번에는 활약했다고 생각했는데…….”

다크니스가 슬픈 목소리로 그렇게 중얼거리면서 검을 쥔 손을 떨고 있는 가운데, 바닐이 즐거움으로 가득한 웃음을 터뜨렸다.

“후하하하하! 이 육체는 나의 마력으로 만들어낸 가짜다. 가면이야말로 이 몸의 본체지. 몸을 아무래 베어본들 다시 흙으로 돌아갈 뿐이다! 그리고 이 몸이 붕괴된 땅에는 풍부한 마력을 지닌 흙을 양분 삼아 꽃이 흐드러지게 피고 나비들이 춤추…….”

“무슨 소리를 하는 건지 모르겠거든?! 너와 이야기하고 있으면 머리가 아파온다고! 젠장, 다크니스! 어떻게 할래?! 일단 후퇴할까?”

“그럴 수 없다! 이렇게 조롱을 당하고 후퇴하는 건 기사의 수치다! 이 녀석에게 한 방 먹여주기 전에는……!”

다크니스가 바닐을 쳐다보면서 단호한 목소리로 그렇게 말한 순간이었다.

"음, 그러하냐. 알았다. 이 몸도 오랫동안 너희를 상대해줄 수는 없는 노릇이지. 그러니 이런 경우의 필살기를 쓰도록 할까! 누구 한 명 상처 입히지 않고 악감정만 맛볼 수 있는, 이 몸이 지닌 비장의 카드를 보여주마!"

바닐은 그렇게 말하면서 자신의 가면에 오른손을 대더니……!

"어이, 다크니스! 위험한 느낌이 드니까 일단 도망치자!"

"이미 늦었다! 강인한 육체를 지닌 크루세이더여! 네 녀석의 몸을 빌리겠다!"

바닐은 그렇게 외치더니, 다크니스를 향해 쥐고 있던 가면을 던졌다—!

6

"……다크니스? ……어, 어이, 다크니스! 대답해!"

바닐이 던진 가면이 얼굴이 찰싹 붙은 다크니스는 검을 쥔 손을 축 늘어뜨리더니 고개를 숙인 채 꼼짝도 하지 않았다.

골치 아픈 상황이 벌어졌다.

단순하게 생각해볼 때, 바닐이 방금 했던 발언과 이 상황을 고려해보면 다크니스가 악마에 몸을 빼앗겼다고 봐야할 것이다.

방금 가면을 던진 바닐의 육체는 붕괴되어 흙으로 되돌아갔다.

그리고 가면을 쓴 다크니스는 천천히 고개를 들더니……!

"후하하하하하! 후하하하하하하! 꼬마야, 잘 들어라! 이 몸의 힘으로, **(카즈마, 어쩌면 좋겠느냐! 내 몸을 빼앗기고 말았다!)** 어떠냐, 꼬마야. 이 계집을 공격할 수 있다면 **(상관없다! 주저 없이 공격해라! 자, 빨리! 이건 절호의 시추에이션이다아앗!!)**"

다크니스의 입에서 그런 영문 모를 소리가 흘러나왔다.

"……너희 지금 무슨 소리가 하고 싶은 거야?"

"이럴 수가. 이 **(아름다운)** 계집은 대체 뭐냐?! ……어, 어이, 내 말에 쓸데없이 끼어들면서 장난치지 마라! 그것보다 대체 어떻게 된 거지? 이 녀석은 대체 얼마나 강인한 정신력을 가진 것이냐……. **(그야말로 크루세이더의 귀감 같은 녀석이구나!)** ……좀 닥치고 있으란 말이다!"

우와, 사실 위기 상황에 처한 거겠지만, 다크니스는 엄청 여유 있는 것처럼 보였다.

아니, 왠지 즐거워보였다.

"계집이여. 내 지배력을 견뎌 내다니, 정말 대단하구나! **(아, 아니 뭐……)** 하지만 내 지배에 저항한다면 이윽고 네 몸에는 극심한 고통이 가해질 것이다! **(뭐, 뭐어?!)** 후하하하하하! 자, 언제까지 견딜 수 있을지 정말 기대되는 구나! ……음? 어떻게 된 거지? 악감정은 고사하고, 이 몸이 그다지 좋아하지 않는…… 기쁨의 감정이……?"

나는 이 자리에서 꼼짝도 못하는 바닐과 다크니스를 내버려둔 후, 이 틈에 원래 목적을 이루기로 했다.

리치가 있던 방에 들어간 나는 준비해간 청소도구로 재빨리 마법진의 흔적을 지웠다.

내가 그런 작업을 하는 사이에도—.

"**(나는……! 이런 아픔 따위에 지지 않는다……!)** 그 기상은 높이 사마! 하지만 더 참다간 그대의 정신이 붕괴될……! ……네 녀석, 혹시 이 상황을 즐기고 있는 것이냐?"

바닐의 당황한 목소리가 들려왔다.

잠시 후, 마법진의 흔적을 지운 나는 한 몸 안에서 갈등 중인 둘의 곁으로 돌아갔다.

"좋아, 다크니스. 목적은 달성했어! 이제 지상으로 돌아가기만 하면 돼! 아쿠아와 합류하면 바로 도망치자!"

그렇게 말하면서 내가 다크니스에게 다가가자, 그녀는 대검으로 나를 겨눴다.

"더는 다가오지 마라, 꼬마 **(카즈마! 나는 괜찮으니 두고 가라!)** 그래. 너희 뜻대로는**(……아아, 이 대사를 전부터 한 번 말해보고 싶었다……!)** 네놈도 자신이 마음에 두고 있는 이 계집이 상처 입는 것을 원하지는 않겠지? **(뭐?!)** 이대로 이 계집이 계속 버틴다면 **(카, 카즈마, 이 자칭 내다보는 악마가 방금 엄청 신경 쓰이는 말을 했다만)** 자, 그걸 막고 싶으면 네놈이 이 계집을 설득 **(네가 나를 그렇게 생각한다니 정말 기쁘다. 그러나 우리 사이에는 신분의 벽이 있는데다, 같은 파티에 소속된 만큼)** 시끄럽다아아아아—!!"

"시끄러운 건 바로 너희야! 제발 부탁이니까 말을 할 때는 한 명만 하라고! 무슨 소리를 하는 건지 하나로 모르겠잖아!"

바닐이 갑자기 고함을 지르자, 나도 지지 않고 고함을 질렀다.

"큭……! 이 몸은 최악인 것 같군 **(남의 몸에다가 최악 같은 소리를 하다니 정말 무례하구나!)** 이익, 시끄럽다! 이 몸은 이제 나갈 테니, 네 녀석은 입 다물고 있어라!"

다크니스의 강철 같은 정신력을 완전히 지배하지 못한 바닐은 그녀의 몸을 포기하고 밖으로 나가기로 마음먹은 것 같았다.

역시 마왕군 간부도 변태를 상대하는 건 무리인 것 같았다.

바닐은 지친 표정으로 고개를 푹 숙이더니, 가면을 향해 손을 뻗었다.

—그 순간, 나는 퍼뜩 떠올렸다.

바닐이 본래의 힘을 되찾으면 골치 아프지 않을까?

그도 그럴 것이 본체인 가면만 무사하면 위기에 처하더라도 언제든지 새로운 몸을 만들어낼 수 있는 것이다.

게다가 아까 이 녀석이 말했던 뭐시기 광선 같은 무시무시한 기술들도 문제였다.

바닐은 다크니스의 몸으로도 그런 기술들을 쓸 수 있을까?

바닐이 진짜 힘을 발휘한다면, 나와 다크니스가 이 녀석이 지상으로 나가는 것을 저지하는 것은 불가능하다.

—하지만 이대로 다크니스의 몸에 가둬둔다면?

현재 바닐은 익숙하지 않은 인간의 몸을 조종하고 있는데다, 내부에 있는 다크니스에게 계속 방해를 받고 있었다.

……이대로 다크니스의 몸안에 가둬둔 상태에서 지상으로 옮긴 후, 아쿠아 일행에게 이 녀석을 처리해달라고 하는 것이다.

그렇다. 이 녀석이 아쿠아를 만나고 싶어 한다면, 만나게 해주자.

나는 가면을 벗으려 하는 바닐에게 다가가서—.

—세나에게 받은 봉인의 부적을 가면에 찰싹 붙였다.

"꼬마야, 이게 무슨 짓이지? ……응? 뭐냐. ……만질 수가 없군. ……어이, 이 부적은 대체 뭐냐. 만지려고 하니 손가락이 튕겨난다만. **(음, 눈앞에서 하늘거리니 거슬리는구나. ……잠깐만. 어이, 카즈마. 이건 분명……!)**"

둘 다 필사적으로 부적을 떼어내려고 했지만, 봉인의 부적이 붙은 당사자들은 부적에 간섭할 수 없는 것 같았다.

"세나가 준 봉인의 부적이야. 좋아, 다크니스. 그 상태로 지상으로 가자. 네 안에 있는 바닐을 이대로 아쿠아 녀석들이 있는 곳으로 옮기는 거야. 그리고 아쿠아에게 너의 내부를 정화해달라고 하자!"

"(뭐?!)"

그 경악 섞인 목소리는 누가 낸 것인지 알 수 없을 만큼 완벽한 하모니를 이루고 있었다.

7

던전 안에 있는 인형 모양 몬스터들은 대부분 제거됐는지 우리는 방해받지 않으면서 이동할 수 있었다.

"꼬마! 이 몸의 지배에 저항하고 있는 이 계집의 몸에는 극심한 고통이 계속 가해지고 있다! 이대로 있다간 통증 탓에 이 계집의 마음이 망가지고 말 것이다! 그러니 빨리 부적을 떼어내서 나를 해방시켜라! 그러지 않으면…… **(그 말 그대로다! 카, 카즈마! 아까부터 엄청난 게, 엄청난 게……! 아아아, 이렇게 강렬한 건 처음이다. 역시 마왕군 간부! 금방이라도 무너져버릴 것 같아……!)**"

고통 탓인지 땀을 뻘뻘 흘리고 있는 다크니스는 거친 숨을 내쉬면서 나를 따라왔다.

현재 몸의 지배권은 다크니스가 쥐고 있는 것 같았다.

도중에 다시 합류한 다른 모험가들이 가면을 쓴 다크니스를 보고 깜짝 놀랐지만, 지금은 그들을 신경 쓸 때가 아니었다.

"다크니스, 조금만 더 참으면 돼! 힘내! 지상에 도착하면 편하게 해줄게!"

"크…… 어쩌다 이렇게 묘한 상황이…… **(그럴 필요 없다)**."

………….

""방금 뭐라고 했어?""

나와 바닐의 목소리가 하모니를 이뤘다.

—솔직히 말해, 마왕군 간부를 데리고 지상에 가는 게 좀 불안하기도 했다.

하지만 그릇으로 쓰이고 있는 몸이 몸인 만큼 괜찮을 거라는 생각이 들었다.

솔직히 말해 다크니스는 공격이 정말 서툴렀다.

그도 그럴 것이, 눈앞에 있는 볏짚을 벨 때도 다섯 번 중에 한 번은 실패를 하는 것이다.

대체 뭘 어떻게 하면 그럴 수가 있는 건지 묻고 싶을 지경이었다.

아무튼 그런 다크니스가 상대라면 지상에 있는 모험가들로도 충분히 제압할 수 있을 것이다.

"다크니스, 잘 참았어! 이제 아쿠아가 어떻게든 해줄 거야. 다른 모험가들과 함께 너를 제압……."

지상에서 스며드는 빛을 본 내가 거기까지 말한 바로 그 순간이었다.

"……후하하하…… 후하하하하하! 네놈은 대체 누구에게 말을 걸고 있는 거지?"

아까까지와는 달리 바닐은 말을 하면서도 다크니스에게 간섭을 받지 않았다.

설마—.

"지배 완료! 꼬마, 너는 이 몸을 얕본 것 같구나! 지금까지는 일부러 손속에 사정을 뒀다! 이 모습 그대로 네놈들의 동료에게 다가가면, 전혀 경계하지 않을 거라고 생각했기 때문이지! 네놈의 동료인 프리스트와 마주치자마자 따끔한 맛을 보여주겠다!"

그렇게 말한 바닐은 무거운 갑옷을 걸쳤는데도 불구하고 나보다 빠른 속도로 계단을 뛰어올라갔다.

큰일 났다, 완전 큰일 났어!

녀석의 표적은 아쿠아다. 이상한 가면을 쓰기는 했지만, 이대로 다크니스의 몸을 조종해 접근하면 아무도 바닐을 막으려 하지 않을 것이다!

"다크니스, 정신 차려! 너는 더 잘 할 수 있는 애잖아! 악마 따위에게 굴하는 거야?!"

"후하하하하하! 꼬마야, 부질없는 짓이다! 이 계집은 어떻게 되어먹은 것인지 고통이 일정 레벨을 넘어선 순간부터 **(더, 더는 안 돼……)** 만족하면서 몸을…… 어, 어이, 이상한 소리 내지 마라!"

젠장, 저 변태는 이제 갈 데까지 가버린 것 같았다!

바닐은 다크니스의 몸을 뜻대로 조종하면서 말했다.

"자, 던전에서 무사히 생환한 동료와의 감동적인 대면이다! 지긋지긋한 나의 숙적이여! 적에게 조종당하는 동료를 보고, 과연 어떻게 나올지……!"

바닐은 힘찬 목소리로 말을 이으면서 지상으로 뛰쳐나가더니—.

"『세이크리드 엑소시즘』—!!"

"**(아아아아아아아아—!)**"

던전 입구에서 기다리고 있던 아쿠아가 다짜고짜 날린 새하얀 불꽃을 정통으로 맞았다.

8

던전에서 튀어나간 바닐은 새하얀 불길에 타들어가면서 한쪽 무릎을 꿇었다.

"다, 다크니스~!"

물론, 다크니스의 몸을 빼앗은 상태에서 말이다.

허둥지둥 던전에서 튀어나온 나는 다크니스가 무사한지 확인하기 위해 다가갔다.

하지만 다크니스의 몸에는 화상 자국이 전혀 없었다.

"후……, 후후후……, 후하하하! 후하하하하핫!"

그리고 아쿠아의 마법을 맞은 바닐 또한 의외로 괜찮아 보였다.

"어이, 아쿠아! 다크니스에게 느닷없이 마법을 날리지 마! 심장이 덜컥 내려앉을 뻔 했잖아!"

내가 꾸짖자, 아쿠아는 전혀 기죽지 않은 표정으로 대답했다.

"무슨 소리를 하는 거야. 방금 그 마법은 인간에게 전혀 해를 끼치지 않아. 왠지 사악한 기운이 다가오는 것 같아서 일단 마법을 날려본 건데……."

"(그, 그러하냐……. 그럼 괜찮지만, 솔직히 나도 깜짝 놀랐다……. 다음부터는 말이라도 한마디 한 뒤에 써줬으면 좋겠다만……)."

방금 공격 때문에 바닐의 지배가 느슨해졌는지, 다크니스의 마음이 겉으로 드러났다.

"어이, 아쿠아! 다크니스는 현재 마왕군 간부에게 몸을 빼앗기기 일보직전이야! 상대의 정체는 악마인 것 같아! 네가 가장 자신 있어 하는 상대지?!"

"마, 마왕군 간부?!"

멀찍이서 상황을 지켜보던 세나가 아쿠아보다 먼저 내 말에 반응했다.

내 말을 들은 아쿠아는 질색하듯 눈썹을 찌푸리면서 다크니스에게 다가갔다.

그리고 천천히 코를 막더니—.

"고약해! 진짜 악취가 진동을 하네! 틀림없어! 이건 악마한테서 나는 냄새야! 좀 씻고 다녀, 다크니스!"

"(뭐어?! 나한테서 악취가 날 리가 없다만……?!)"

다크니스는 아쿠아의 말을 듣더니 울먹거리기 시작했다.

"후후후후…… **(카즈마, 냄새를 맡아봐다오. 나한테서 악취가 날 리가 없다!)** 후하하, 후하하하하하! **(그리고 만에 하나 냄새가 난다면, 그건 던전 안을 뛰어다닌 탓에)** 시끄럽다! 지금은 중요한 장면이니 좀 조용히 하고 있어라!!"

그리고 다크니스는 바닐에게 꾸중을 듣고 주눅이 들었다.

"후하하하하! 만나서 반갑다! 재수 없고 악명 높은 물의 여신과 같은 이름을 지닌 프리스트여! 이 몸의 이름은 바닐! 지옥의 공작이자 마왕군 간부 중 한 명인 대악마, 바닐이다!"

다크니스는 바닐에게 목소리를 빼앗긴 대신 몸의 주도권을 되찾은 것 같았다. 그래서 입으로는 그렇게 거창하게 자기소개를 하면서도 몸으로는 짜증난 것처럼 돌멩이를 걷어차고 있었다.

……그런데 방금 저 녀석, 물의 여신과 같은 이름을 지닌 프리스트라고 말했지?

역시 이 악마는 아쿠아의 정체를 안 게 분명했다.

"다짜고짜 퇴마마법을 날리다니, 인사 한 번 성대하게 해주는 구나! 후하하하하, 이래서 악명 높은 아쿠시즈교의 교도들은 미움을 받는 것이다! 예의라는 것을 모르는 것이냐?"

"어머나~. 악마 상대로 예의를 차리라니, 무슨 말도 안 되는 헛소리를 하는 거죠? 신의 섭리를 거역한 언데드보다도 못한, 인간의 악감정 없이는 존재할 수 없는 기생충 따위가 말이에요~! 푸푸풉!"

그렇게 말한 둘은 잠시 동안 침묵한 후—.

"『세이크리드 하이니스 엑소시즘』~!"

"물러!"

아쿠아가 기습적으로 마법을 날리자, 바닐은 옆으로 몸을 날려 피했다.

"다크니스, 왜 피하는 거야?! 가만히 있으라구!"

"(그, 그게, 몸이 멋대로 피하고……!)"

아쿠아와 바닐이 전투를 벌이는 사이, 세나와 메구밍이 나에게 다가왔다.

"카즈마, 카즈마! 이게 대체 어떻게 된 거죠?! 왜 다크니스가 저런 가면을 쓰고 있는 건가요……?! 약았어요! 저도 저 가면을 쓰고 싶어요! 저 가면은 홍마족의 심금을 마구 울려대고 있다고요!"

"무슨 바보 같은 소리를 하는 거야! 지금은 그딴 소리나 할 때가 아니라고! 다크니스가 마왕군 간부에게 몸을 빼앗겼어. 저 가면이 본체인 것 같은데 뭔가 좋은 방법이 없을까?!"

"사토 씨, 대체 어쩌다 이런 상황에 처한 거죠?! 저 자는 수배서에도 실린 마왕군 간부이자, 예지와 예언의 힘을 지녔다는 내다보는 악마, 바닐이에요. 저런 거물이 왜 이런 곳에 있는 거죠?!"

세나가 새파랗게 질린 얼굴로 비명에 가까운 목소리를 냈다.

"저 녀석은 마왕군 간부인 베르디아를 쓰러뜨린 녀석을 조사하러 온 것 같아. 그 외에도 민폐가 되는 목적을 가지고 있는 것 같지만, 그건 일단 제쳐두자. 지금은 저 녀석의 본체인 가면에 세나가 준 봉인의 부적을 붙여서 다크니스의 몸 안에 가둬둔 상태야."

내 말을 들은 세나는 질린 표정을 지으면서 말했다.

"가, 가뒀다고요?! 마왕군 간부를 동료의 몸에요?! 당신이라는 사람은…… 다, 당신이라는 사람은……!"

"……아무튼, 골치 아픈 상황이군요. 저 악마는 아쿠아의 퇴마마법을 맞고도 멀쩡해요. 그걸 견뎌낸 건 다크니스의 몸을 빼앗았기 때문이겠죠. 신을 모시는 성기사, 크루세이더인 다크니스는 빛 속성 마법에 특히 강한 내성을 지녔어요. 가면에 붙은 부적을 떼어내서, 일단 저 악마를 해방시키죠."

메구밍이 그렇게 말하자, 나는 아쿠아가 날리는 마법을 전부 피해대고 있는 바닐을 쳐다보았다.

바닐은 둔해빠진 다크니스의 몸을 완벽하게 조종해서 무거운 갑옷을 걸친 상태에서도 재빠른 움직임으로 아쿠아를 농락하고 있었다.

맙소사. 다크니스의 몸에 가둬두면 간단히 이길 수 있을 거라고 생각했는데!

다크니스의 몸이 이렇게 고성능이라는 사실에 나는 깜짝 놀랐다.

"저 녀석을 해방하라고? 지금은 다크니스의 몸에 가둬뒀기 때문에 물리 공격밖에 못하는 것 같지만, 저 악마는 살인 광선 같은 걸 쏠 수 있다고 말했다고. 솔직히 말해, 다크니스의 몸에서 꺼내면 더 골치 아플걸?"

고개를 돌려보니 어느새 다른 모험가들도 전투에 참가하고 있었다. 그들은 바닐의 움직임을 봉쇄해 아쿠아의 공격을 명중시키려 하고 있었다.

"……나, 난처하게 됐네요. 이대로는……."

"……위, 위험할 것 같네……."

나는 메구밍의 시선을 쫓듯, 전투가 벌어지고 있는 곳을 쳐다보았다—.

“젠장! 다크니스가 이렇게 힘겨운 상대인 줄은 몰랐어……!”

“맞지를 않아! 우리 공격을 검으로 간단히 튕겨내고 있어! 공격도 묵직할 뿐만 아니라 무시무시할 정도로 빨라! 우리 목숨이 아직 붙어 있는 건, 상대가 봐주고 있기 때문이라고……!”

“후하하하하하! 이 몸은 정말 괜찮군! 근력이 뛰어나고, 내구력도 탁월해! 게다가, 짜증나는 신들의 마법에도 내성이 있어! (**으으……. 다른 모험가들에게 폐를 끼치고 있는데도, 내가 이 많은 숫자를 압도하고 있는 게 왠지 기뻐……!**)”

인마, 기뻐할 때가 아니잖아!

“저기, 다크니스~! 이제 가만히 좀 있으라구~! 악마한테서 풀려나고 싶은 거야, 아님 계속 조종당하고 싶은 거야? 혹시 평소에 다크니스를 바보 취급한 모험가들을 상대로 마구 날뛸 수 있어서 개운하기라도 한 거야?”

“(**그그, 그런 거 아니다?!**) 후하하하하하! 애송이 모험가들아! 뭐하는 것이냐! 제대로 덤벼봐라!”

다크니스가 변명을 한 직후 바닐이 도발을 하자, 그녀를 포위하고 있는 모험가들의 표정이 금세 험악해졌다.

"다크니스! 너, 공격 좀 맞추게 되었다고 기어오르는 거냐!"

"나는 네가 카즈마의 파티 안에서 가장 제대로 된 녀석이라고 생각했어! 그런데, 어떻게 이런 짓을……!"

"포위해! 저 돌팔이 크루세이더를 둘러싸라고!"

"**(내, 내가 도발한 게 아닌데)** 후하하하하하! 졸개들이 제아무리 무리를 지어 덤벼봤자 부질없는 짓이다. 전부 박살을 내주마! **(아아아아아아……)**"

바닐은 다크니스의 성대를 이용해 말을 하고 있다.

그렇기 때문에 모험가들에게는 그 말이 다크니스가 한 말인지 바닐이 한 것인지 분간할 수 없었다.

덕분에 다크니스를 향한 원한이 쌓여갔고, 지금은 다크니스가 바닐을 대신해 모험가들에게 원성을 사고 있었다.

"적에게 조종을 당하고 있을 뿐인데, 저런 원성을 듣고 있는 다크니스가 너무 안 됐어요! 뭔가 좋은 방법이 없을까요?!"

메구밍이 내 옷자락을 잡아당기면서 그렇게 말했다.

확실히 다크니스는 수많은 모험가들을 압도하면서도 원성을 듣고……!

"**(아아……. 평소 나한테 허물없이 말을 걸어주던 모험가들이, 이렇게 경멸에 찬 눈길로……!)** 왠지 기쁨의 감정이 느껴지는 구나. 대체 뭐가 어떻게 되고 있는 거지……?!"

…………….

"저 녀석, 왠지 행복해 보이지 않아?"

"……그, 그래도 어떻게든 해주세요! 뭔가 좋은 방법 없을까요?!"

메구밍의 마음은 알지만, 현재의 다크니스는 손을 쓸 수 없는 상태라고나 할까…….

정확하게 말하자면, 지금은 저 악마를 쓰러뜨릴 결정적인 수단이 없다.

아쿠아의 마법조차도 효과가 없다면, 더는 방법이…….

"어이, 너, 너무 끈질긴 거 아냐?! 응?! 너무 끈질긴 거 아냐구!!"

"그건 이 몸이 할 말이다! 에잇, 인해전술 같은 약아빠진 수법을 쓰다니! 이 몸은 인간을 죽이지 않지만 그렇다고 이렇게 계속 당해줄 거라고 생각하지 마라, 모험가들이여!"

저쪽에서는 아쿠아와 바닐이 계속 전투를 벌이고 있었다.

상대의 표적이 아쿠아라는 사실을 눈치챈 모험가들은 자신들의 몸으로 벽을 만들어서 바닐을 막고 있었다.

아쿠아는 그들의 뒤편에서 퇴마마법을 날리고 있었지만, 바닐을 해치우지는 못하고 있었다.

그러나 그 교착 상태는 바닐에 의해 무너지기 시작했다.

다크니스의 몸을 조종하는데 익숙해진 바닐이 양손으로 사용하는 무거운 대검을 가볍게 휘두르며 모험가들의 무기를 부수기 시작한 것이다.

다크니스의 근력과 내구력은 다른 모험가들을 능가하고 있었다.

게다가 오랜 세월동안 살아온 악마의 전투 경험과 손재주가 더해지자, 돌팔이 크루세이더인 다크니스는 현재 열 명 이상의 모험가들을 혼자서 압도하고 있었다.

"저 녀석, 오늘은 왠지 행복해 보이네. 여러모로 찬란히 빛나고 있는걸……."

"느긋한 소리 하지 말고, 어떻게든……, 아앗?!"

결국 그 맹공을 견뎌내지 못한 모험가 중 한 명이 수평으로 휘두른 대검에 맞고 말았다. 그리고 그와 동시에 전선이 붕괴되기 시작했다.

그 모습을 본 메구밍이 작게 비명을 질렀다.

"후하하하하하하! 나의 숙적이여! 드디어 결판을 낼 때가 되었다! 동료의 손에 죽는다. 이것보다 행복한 죽음은 없을 것이다!"

"저, 저기, 다크니스! 난, 너를 믿어! 악마 따위에게 지지 않을 거지? 그, 그렇지?! 저기, 다크니스, 내 말 듣고 있어?!"

아쿠아가 뒷걸음질을 치면서 그렇게 말했지만, 다크니스는 대답하지 않았다.

바닐과 모험가들 사이의 균형이 무너진 현재, 후위인 아쿠아가 공격을 받는 것은 시간문제나 다름없었다.

"사토 씨, 당신은 참전하지 않을 건가요?! 저 프리스트도, 그리고 악마에게 몸을 지배당한 크루세이더도 당신의 동료잖아요?! 도와야 하는 것 아닌가요?!"

세나가 절박한 목소리로 그렇게 말했지만…….

"아, 보다시피 내 클래스는 모험가거든요. 나보다 강한 녀석들이 저렇게 차례차례 당하고 있는데, 나 같은 게 도움이 될 리가 없잖아요."

"당신이라는 사람은! 정말 당신이라는 사람은!!"

세나가 질릴 대로 질린 얼굴로 그런 소리를 하는 사이에도, 모험가들은 차례차례 무력화되고 있었다.

"카, 카즈마~! 나, 완전 위기거든? 사실 지금까지 중에서 가장 위기거든~?!"

멀리서 아쿠아가 울음 섞인 목소리로 도움을 청했고, 내 옆에 있는 메구밍은 지팡이를 꼭 끌어안은 채 불안 섞인 눈길로 나를 지그시 올려다보고 있었다.

그런 눈으로 쳐다보지 마. 약해빠진 내가 뭘 할 수 있겠냐고……!

쓰러지고 있는 모험가들을 지켜보던 세나조차도 새파랗게 질린 얼굴로 나를 올려다보고 있었다.

지금이야말로 세나에게 설교를 해주고 싶었다.

나는 소동을 일으킨 적 없어. 그저 남이 일으킨 소동에 휘말린 피해자에 불과하다고.

……아아, 이런 골치 아픈 상황에 휘말리는 나 같은 녀석의 운이 좋다는 게 말이 돼?

그건 거짓말이 분명하다고 나는 마음속으로 투덜거렸다.

"카즈마 씨~! 카즈마 씨이~!!"

—그리고 도움을 요청하는 아쿠아의 목소리를 들으며…….

"…………어쩔 수 없네에에에에에에에엣!"

나는 될 대로 되라는 심정으로 그렇게 외치며 검을 뽑아 들었다. 그리고 내가 진짜로 운이 좋다면 전부 잘 풀리게 해 달라고 빌면서 전장을 향해 내달렸다.

9

이제 다크니스는 완전히 바닐에게 몸을 지배당하고 있었다.

"후하하하하! 후하하하하하하! 자, 나의 숙적이여! 각오는 됐느냐?! 이런 곳에서 네 녀석을 소멸시키는 날이 올 거라는 건 이 몸도 내다보지 못했다! ……이 자리에 있는 모험가 중에서 가장 약한 남자여. 뭐하는 거지? ……이미 그대의 성격을 꿰뚫어본 이 내다보는 악마가 예언을 해주마."

다크니스와 대치한 나에게 바닐이 말했다.

"안정과 평온을 원하는 그대에게 고하겠다. 괜한 생각은 하지 말고, 이대로 못 본 척 하는 편이 좋을 것이다. 그대의 뛰어난 운은, 이 세상에서 손꼽힐 정도로 운이 없는 동료들 때문에 완벽하게 상쇄되고 있다. 자신의 안전을 생각해서라도 그대는 파티 멤버를 바꾸는 게 좋을 것이다. 그러면…… 윽."

나는 말을 이으려 하는 바닐의 가면을 향해 아무 말 없이 검을 휘둘렀다!

하지만 역시 바닐은 간단히 그 공격을 피했다.

"자신의 안전을 가장 소중히 여기던 남자여. 왜 마음이 변한 것이지? 그대가 어찌할 수 있는 상황이 아니다. 지금이라면 바닐 인형만이 아니라 이 몸과 세트가 되는 가면도 주마. 그걸 가지고 돌아가거라."

"피, 필요 없어. ……그리고 다크니스. 너, 순순히 몸을 빼앗기면 어떻게 하냐고. 왜 느닷없이 튀어나온 악마한테 간단히 길들여진 거냔 말이야. 너란 녀석은 그렇게 손쉬운 여자였어?"

내가 도발적인 발언을 입에 담자—.

"후하하하하하하! 쓸데없는 짓이다. 보다시피 **(네놈, 누가 손쉬운 여자라는 것이냐! 그리고 길들여진 것도 아니다! 그저 이 악마의 지배와 마음을 자극하는 수단이 절묘해**

서……!) 네놈의 목소리는 이 계집에게 닿지 않……. ……으음, 정말 강철 같은 정신력이구나. 기나긴 세월을 살아온 이 몸도 이렇게 지배하기 힘든 자는 본 적이 없다."

역시 인내가 취미인 우리의 크루세이더는 아직 의식을 유지하고 있었다.

"잘 들어, 다크니스. 자~알 들으라고. 지금부터 내가 가면에 붙은 부적을 뗄 거야. 그러면 한 순간이라도 좋으니까 바닐한테서 네 몸의 지배권을 되찾아. 그리고 가면을 벗어서 던져버리는 거야. 그러면……."

다크니스에게서 떼어내기만 하면, 뒷일은 아쿠아에게 맡기면 된다.

……하지만 바닐은 그런 내 생각을 꿰뚫어본 것 같았다.

"흠. 나쁘지 않은 작전이지만 문제가 하나 있다. 과연 약해빠진 네놈이 이 계집의 힘을 완벽하게 이끌어내고 있는 이 몸에게서 봉인의 부적을 떼어낼 수 있을까? 지금 상황은 저 지긋지긋한 내 숙적과 싸우기 딱 좋지. 이 봉인은 저 녀석을 해치운 후에 풀 생각이다. **(음. 지금의 나를 얕보면 곤란하다. 지금이라면 그 누구에게도 질 것 같지가 않단 말이다!)**"

바닐이 그런 소리를 했…….

"이, 이 바보……. 너까지 열의를 불태우면 어쩌자는 거야!"

—주위에는 다크니스가 휘두른 대검의 옆면에 맞고 의식을 잃은 모험가들이 쓰러져 있었다.

그리고 의식을 잃은 모험가들에게 회복마법을 걸던 아쿠아가 대치하고 있는 나와 바닐을 보더니 내 뒤편에 섰다.

"카즈마, 네 뒤에는 내가 있어! 내가 지원마법을 걸어줄 테니까, 용사처럼 저 악마를 소멸시켜버려!"

아쿠아가 무책임한 소리를 한 후—.

"후후. 저도 있다는 걸 잊으면 곤란해요. 자, 카즈마. 지금이야말로 카즈마에게 감춰진 그 힘을 일깨울 순간이에요. 이제 더는 숨길 필요 없어요. 저 악마에게서 다크니스를 되찾는 거예요!"

아쿠아와 마찬가지로 내 등 뒤에 선 메구밍 또한 무책임한 소리를 해댔다.

나에게 감춰진 그 힘이란 게 대체 뭐지?

아무래도 아쿠아와 메구밍은 내가 정정당당하게 바닐에게 도전해서, 봉인의 부적을 떼어낼 거라고 생각하는 것 같았다.

아쿠아와 메구밍의 말을 들은 바닐은 전투태세를 취하면서 말했다.

"후하하하하! 이 몸을 제압하고! **(이 봉인의 부적을)** 떼어내기라도 **(하겠다는 것이냐!)** 어디 할 수 있으면 **(해 봐라)** 시끄럽다! 내 대사를 가로채지 마라!"

"너희 둘, 처음에는 그렇게 질색했던 봉인을 풀고 싶은 거야, 풀고 싶지 않은 거야? 대체 어느 쪽이냐고."

나는 무심코 태클을 날리면서 아쿠아에게 퇴마마법을 준비시켰다.

"네놈, 뭔가를 꾸미고 있는 것 같구나. 네놈 뒤편에서 눈부신 아우라를 뿜고 있는 녀석 때문에 자세한 미래를 내다볼 수는 없지만, 아무래도 나와 검을 섞을 생각은 없는 것 같군. ……흐음, 스킬 같은 걸 쓸 생각인 것이냐? **(스틸이다! 분명 카즈마는 장기인 스틸을 쓰려는 게 분명해!)**"

"이, 인마! 네가 내 속셈을 알려주면 어떻게 해!"

자랑하듯 그딴 소리를 하는 다크니스에게 내가 태클을 날리자, 바닐이 씨익 웃었다.

"카즈마, 마법 준비 다 됐어!"

"좋아! 뒷일은 나한테 맡겨! 그럼 간다, 다크니스! 수련장에서 승부했을 때처럼, 이번에도 내기를 하자고! 만약 내가 이기면 약속했던 『엄청난 요구』에 더 어마어마한 짓까지 추가하겠어. 네가 이기면 네 마음대로 해!"

"**(아앗, 이, 이 상황에서 그런 소리를 하다니……!)** 어, 어이, 저 남자의 감언에 현혹되지 마라! 허점을 드러내지 말고, 마음을 활성화시키는 것이다! 마력을 끌어올려서 스틸을 견딜 준비를……!"

갈등하기 시작한 다크니스는 바닐과의 연계가 무너졌는지

움직임을 멈췄다.

그 순간, 내 등 뒤에 있던 메구밍이 폭렬마법을 영창하는 목소리가 들렸다.

화들짝 놀라 고개를 돌려보니, 메구밍은 던전 입구를 주시하고 있었다.

그곳에서는 바닐이 만들어낸 인형들에게 쫓기고 있는 모험가들이 허둥지둥 밖으로 뛰쳐나오고 있었다.

그 순간, 바닐의 가면에 그려진 눈이 수상쩍은 빛을 뿜었다. 그러자 던전에서 튀어나온 인형들이 우리 쪽을 향해 쇄도하기 시작했다.

메구밍은 그 녀석들을 요격할 생각인 것 같았다.

"그럼 간다, 바닐! 그리고 다크니스! 너는 바닐이 움직이지 못하도록 저항해!"

나는 그렇게 말한 후, 가면을 향해 손을 뻗으면서……!

"모험가의 스틸 따위가 이 몸에게 통할 것이라고 생각하느냐! 저항한다면 주저 없이……!"

"『틴더』!!!!!!"

……내가 잔뜩 뜸을 들인 후 사용한 것은 스틸이 아니라, 불을 붙일 때 쓰는 마법인 틴더였다.

봉인의 부적이라는 것은 꼭 벗겨 내거나 훔칠 필요가 없다.

불을 붙여서 태워버린다면……!

"……후핫! 후하하하하하! 후하하하하하하하! **(아아아, 약**

았다, 카즈마! 비겁한 자식!) 설마, 내다보는 악마를 속일 줄이야! 꽤 하지 않느냐!"

가면에 붙은 봉인의 부적.

그것이 타오르더니 다크니스와 바닐을 잇고 있던 것이 사라졌다.

"어이, 다크니스! 근성을 보여 봐! 가면을 벗어서 던져버리라고!"

그 말을 들은 다크니스는 가면을 향해 손을 뻗었다. 그리고—!

"**(……크! 벗겨지지 않는다……!)**"

아직도 발악을 하고 있는 바닐 탓에 가면은 다크니스에게 딱 붙어 있었다.

이 와중에도 바닐 인형은 우리에게 쇄도하고 있었다.

그 적들을 방금 던전에서 탈출한 모험가들이 막아섰다.

아무래도 우리가 보스급의 적을 상대하고 있는 것을 눈치채고, 졸개들의 발을 묶을 생각인 것 같았다.

"카즈마 씨~! 어떻게 하면 돼?! 이제 마법을 쏴도 되는 거야?!"

"기다려! 아직 다크니스에게 붙어있어! 이 상태에서 마법을 써봤자, 다크니스의 내성으로……."

—바로 그때였다.

"(상관없다. 쏴라)"

가면에 손을 댄 다크니스가 그렇게 말했다.

하지만 이 상태에서 마법을 쏴봤자 효과는 약했다.

"(아쿠아의 마법이 통하지 않는다면……. 어쩔 수 없지. ……이대로 이 녀석과 나에게 폭렬마법을 날려라)"

다크니스가, 설마…….

…………어이, 방금 뭐라고 했어?

"이 멍청아! 아무리 네가 튼튼해도 폭렬마법을 견뎌내는 건 무리라고!"

"**(그건 해보지 않으면 알 수 없다!)** 좋다. 경솔한 판단을 내리지 말고 대화로 풀어보자."

다크니스가 그렇게 말하자, 계속 여유를 보이던 바닐도 약간 당황하기 시작했다.

그리고 내 뒤쪽에서 폭렬마법 준비를 끝낸 메구밍도 당황했다.

"**(아쿠아! 만약 가면이 나에게서 떨어지면, 주저 없이 퇴마마법을 날려라!)** 좋다. 오늘은 비긴 걸로 하는 게 어떠냐? **(이대로 나에게서 떨어지지 않는다면, 폭렬마법을……!)** 마왕군 간부이자 지옥의 공작과 비긴 거다. 분명 주위 사람들에게 자랑할 수 있을 거다!"

"아, 알았어, 다크니스! 저 짜증나는 녀석이 너한테서 떨어지면 바로 해치워버리면 되는 거지?!"

아쿠아는 가면을 노려보면서 언제든 마법을 날릴 수 있도록 준비했다.

"카즈마, 다크니스는 제정신이 아니에요. 아무리 다크니스라도 폭렬마법을 맞으면 무사하지 못할 거라고요!"

메구밍은 금방이라도 울음을 터뜨릴 것 같은 표정으로 나에게 말했다.

어느새 우리를 향해 몰려오던 인형들도, 그리고 세나와 다른 모험가들도…….

다크니스에게서 멀찍이 떨어진 채, 꼼짝도 하지 않았다.

그런 와중에—.

"(……어이, 바닐. 잠시 동안이었지만, 너와 함께 있었던 시간은 나쁘지 않았다. 그러니 최소한……. 선택권을 주마. 나에게서 떨어져 정화를 당할 것인지, 아니면 나와 함께 폭렬마법을 맞을 것인지, 둘 중 하나를 선택해라)"

다크니스는 그런 말도 안 되는 선택지를 바닐에게 제시했다.

그것은, 어느 쪽을 선택하든 바닐이 소멸할 수밖에 없는 선택지였다.

"……이 몸은, 악마다."

바닐은 굳은 목소리로 말했다.

"신의 적대자인 악마란 말이다. 그러니 정화당하는 것은 사양하겠다. 후하하하……. 이 몸의 파멸을 향한 갈망이 이런 뜻밖의 형태로 이루어지는 건가. 그럼 작별이다. 그대에게 빙의한 동안 꽤나 재미있었다."

폭렬마법을 선택했다.

여전히 가면을 쓰고 있는 다크니스는 그 말을 듣더니, 우리에게서 떨어졌다.

"(자, 메구밍!)"

다크니스는 그런 잔혹한 요구를 하고, 메구밍이 고개를 저으면서 거부하는 가운데—.

나는 망연자실한 표정으로 상황을 지켜보고 있는 세나의 어깨를 가볍게 두드렸다.

"만약 만일의 사태가 발생한다면, 네가 증인이 되어서 지시를 내린 사람이 나라고 증언해줘. 이번에도 모든 책임은 내가 지겠어."

내 말을 들은 세나는 새파랗게 질린 얼굴로 고개를 끄덕이며 마른 침을 삼켰다.

우리의 자랑스러운 크루세이더는 튼튼하다.

—액셀에서 가장, 튼튼하단 말이다.

"메구밍, 폭렬마법을 날려!"

이윽고, 내가 지시를 내리고 얼마 후…….

던전 앞에서 성대한 폭발음이 울려 퍼졌다—.

에필로그

1 에필로그 —아쿠아—

—그 기묘한 악마와 싸우고 어느 정도의 시간이 지난 후.

나는 카즈마를 비롯한 다른 애들과 함께 모험가 길드로 불려갔다.

정말, 카즈마는 문제라니깐.

이 사람은 왜 매번 이렇게 골치 아픈 일에 휘말리는 걸까?

마왕군 간부와의 대결 같은 건 이제 사양하고 싶단 말이야.

좀 더 미적지근한 나날을 보내고 싶다구.

빨리 천계로 돌아가고 싶은 마음도 물론 있어. 그리고 왠지 이쪽 세계로 온 뒤로는 고생만 죽어라 하고 있는 느낌이 든다니깐.

"……뭐랄까, 이런 딱히 의미 없는 짓을 시키면, 너는 정말 엄청난 재능을 발휘하는 구나."

테이블 위에 컵 안에 있는 물로 그림을 그리고 있을 때, 카즈마가 구구절절한 목소리로 그렇게 말했다.

"당연하잖아. 내가 누군지 잊은 거야?"

물로 이 정도 그림을 그리는 것 정도야…….

"네가 곡예사의 신이라고 자칭하고 다닌다면 믿어주는 사람도 있을 것 같은데 말이야."

……바보 같은 소리를 하는 카즈마의 저 입에다, 나의 신성한 주먹을 확 꽂아버릴까.

뭐, 나는 관대하니까 그런 짓은 하지 않겠지만 말이야.

카즈마의 반격이 무서워서 그러는 건 아냐.

응. 그런 건 쬐끔, 아주 쬐끔만 무섭다구.

평소에 문제만 일으키는 메구밍이나, 이상한 소리를 해대는 다크니스 때문에 고생하는 만큼, 하다못해 나만이라도 상냥하게 대해줘야지.

이 파티의 멤버들은 하나같이 믿음직하지 못하니까, 여신인 내가 지켜봐줘야겠지.

"……어이. 너 지금 이상한 생각 하지 않았어? 왜 연민에 찬 눈길로 나를 쳐다보는 거야? 네가 그런 눈으로 쳐다보니 짜증이 확 치솟잖아."

내가 어른의 여유를 보여주고 있을 때, 카즈마는 말도 안 되는 소리를 하면서 나한테 시비를 걸었다.

칼슘과 마음의 여유가 부족한 게 분명해.

하지만 오늘부터는 마음에 여유가 생길 거야.

왜냐하면 우리가 오늘 이곳에 온 건—.

2 에필로그 —메구밍—

—저는 이번에 거의 도움이 되지 못했어요.

아쿠아나 다크니스만큼은 아니지만 평소 카즈마에게 폐를 끼치고 있으니, 이번에야말로 도움이 될 생각이었는데…….

이 파티에서 가장 상식적인 사람인 내가 좀 더 정신을 바짝 차려야지.

테이블 위에 있는 내 사역마 촘스케는 저택에서 먹이를 받아먹는 것에 맛을 들였는지, 카즈마를 꽤 따르고 있었다.

"……이 녀석, 묘하게 나를 따르네. 아쿠아한테는 전혀 다가가려고 하지 않는데 말이야. 역시 동물은 본능적으로 마음이 깨끗한 사람을 알아보는 건가?"

"카즈마는 평소 우리 때문에 고생을 잔뜩 하고 있으니 좀 상냥하게 대해줘야겠다고 생각했지만, 방금 그 말은 흘려들을 수가 없네. 신성한 존재인 내 마음이 깨끗하지 않다는 말처럼 들리잖아."

"깨끗하지 않다고 대놓고 말한 거라고."

카즈마가 자신의 멱살을 잡으려 드는 아쿠아와 다투는 사이, 허둥지둥 피난 온 촘스케를 지정석이나 다름없는 내 어깨 위에 올려놓았다.

길드 구석에서는 내가 카즈마의 혐의를 벗기는 걸 도와주던 융융이 혼자서 밥을 먹고 있었다.

라이벌이라고 괜한 고집 피우지 말고 이쪽으로 와서 먹으면 좋을 텐데 말이다.

마왕군의 스파이라는 혐의는 카즈마가 직접 풀었지만 남몰래 노력해준 융융에게는 나중에 고맙다는 말을 해야겠다.

"으으……. 이제 더는……."

카즈마의 맞은편 자리에서 그런 목소리가 들려왔다.

새빨개진 얼굴로 테이블에 엎드린 채 부들부들 떨고 있는 다크니스가 낸 목소리였다.

아까부터 여러 모험가들이 다크니스에게 말을 걸었고, 그때마다 그녀의 얼굴은 빨개졌다.

파티 멤버 중에서 가장 나이가 많은 이 상류층 아가씨는 세상 물정을 모르는데다 쿨한 척하면서도 실은 감정의 기복이 엄청 심하기 때문에, 때때로 매우 괴롭혀주고 싶어졌다.

……좋아. 나는 자리에서 일어난 후, 다크니스의 옆으로—.

3 에필로그 —다크니스—

—맙소사.

어쩌다 이렇게 된 거지.

"아까부터 더럽게 끈질기네! 애초에 이번 재판 소동에서 내가 책임을 추궁당한 건수 중에 너와 관련된 건수가 가장 많았다고! 민폐를 많이 끼치는 녀석을 순서대로 꼽자면, 너, 메구밍, 다크니스야! 알아먹었으면 내 표창식이 끝날 때까지 구석에서 벽의 나뭇결이나 세고 있어!"

"와아아아앙~! 카즈마가 심한 소리를 했어! 나도 일부러 문제를 일으키는 게 아닌데! 베르디아와 싸울 때 홍수 피해가 난 것도, 묘지에 결계를 쳐서 악령 소동을 일으킨 것도! 나름대로 잘해보려고 한 짓이란 말이야!"

"잠깐만요. 이 중에서는 제가 가장 폐를 끼치지 않는다고 생각하거든요?!"

시끌벅적하게 떠들고 있는 세 사람을 곁눈질한 나는 머리를 감싸 쥔 채 테이블에 엎드려 있었다.

그런 나에게 느닷없이 누군가가 말을 걸었다.

"어이, 라라티나! 네 본명은 꽤 귀여웠구나!"

그 말을 듣고 움찔했다.

"라라티나 양, 시간나면 그 이름에 어울리는 귀여운 옷이라도 사러 가자! 내가 골라줄게!"

그 말을 듣고 더욱 몸을 떨었다.

"하지만 라라티나라……. 상류층 아가씨 같은 이름이라 기품이 있는걸. 나쁘지 않아."

이제 그만해주셔요……!

영주와의 약속 문제가 해결됐나 싶었는데 새로운 문제가 발생하다니…….

울상을 지으며 고개를 든 나는 이 사태를 초래한 남자를 노려보았다.

"어, 라라티나. 왜 그렇게 무서운 얼굴을 짓는 거야? 귀여운 이름에 어울리지 않는다고."

"크으으으으……!"

나는 귀까지 새빨갛게 달아오른 것을 느끼면서도, 이를 악물며 카즈마의 도발을 견뎠다.

분명 승부에서 진 나에게 『울음을 터뜨리며 싫어할 만한 엄청난 일』을 시키겠다는 약속을 하기는 했지만……!

크윽, 이 얼간이 자식!

마구 갈등하게 만들어놓고 마지막에 가서 더럭 겁이 난 거냐……!

결국, 알다프 자식은 그 후로 아무 소리도 하지 않았다.

그 끈질긴 자식이 이 정도로 포기했을 것 같지는 않지만…….

"어, 이제 시작하는 것 같네. 그럼 갔다 올게, 라라티나."

그렇게 말하며 자리에서 일어난 카즈마를 향해, 나는 근처에 있던 목제 컵을 집어던졌다.

4 에필로그 —카즈마—

"모험가, 사토 카즈마 님!"

길드 카운터 앞에서 다른 모험가들의 뜨거운 시선을 받으며—.

"귀하에게 감사장을 수여하는 것과 동시에, 혐의를 씌운 것에 대해 진심으로 사죄를 드립니다."

그렇게 말하면서 깊이 고개를 숙인 세나는 나에게 감사장을 건넸다.

—바닐과의 전투가 끝나고 일주일이 지났다.

우리는 마왕군의 관계자가 자신을 희생시키려 하면서까지 간부를 쓰러뜨릴 리가 없다는 이유로 마왕군의 스파이 의혹에서 풀려났다.

바닐과의 전투를 직접 본 세나의 조치로 국가전복죄 혐의를 벗은 나는 뒤늦게 디스트로이어 격파 상금을 받게 되었다.

우선, 사형 당할 걱정을 하지 않아도 되어서 정말 안심했다.

또한, 빚을 변제할 길이 생긴 것도 정말 기뻤다.

오늘, 그러니까 다크니스의 상처가 다 아문 후에 길드에 불려온 건—.

"그리고 더스티네스 포드 라라티나 경! 이번 전투에서 귀공이 보여준 헌신적인 행동은 정말 훌륭했습니다. 더스티네스 가문의 이름에 걸맞은 활약을 보여준 귀공에게는 왕실 측의 감사장과 함께 일전의 전투에서 잃은 갑옷을 대신할, 일류 기술자들이 만든 전신 갑옷을 하사합니다."

세나가 그렇게 말한 순간, 대기하고 있던 기사들이 얼굴을 새빨갛게 붉힌 채 부들부들 떨고 있는 다크니스에게 새 갑옷을 전달했다.

—메구밍의 폭렬마법을 맞은 가면의 악마 바닐은 소멸했다.

그리고 거대한 구덩이에 남아 있던 다크니스는 목숨이 위험할 정도의 중상을 입었으며, 지금까지 소중히 여겨왔던 갑옷도 잃었다.

그 후, 아쿠아에게 치료를 받은 덕분에 지금은 이렇게 완벽하게 회복되었지만 말이다…….

"축하해, 라라티나!"

누군가가 그렇게 말하자, 다크니스가 움찔했다.

"라라티나, 잘했어!"

"역시 라라티나야!"

"라라티나! 귀여워, 라라티나!"

라라티나라는 이름으로 연달아 불린 다크니스는 귀까지

새빨개진 얼굴을 양손으로 가리면서 또 테이블에 엎드렸다.

"크윽……! 이, 이런 치욕은, 내가 갈구하는 것이 아니다……!"

테이블에 엎드린 다크니스는 기어들어가는 목소리로 말했다.

일전에 말했던, 다크니스가 울음을 터뜨리며 싫어할 만한 엄청난 짓.

나는 그 약속을 지켰을 뿐이지만…….

"저기, 다크니스. 나는 라라티나라는 이름이 정말 귀엽다고 생각해! 라라티나라는 이름을 반쯤 재미삼아 퍼뜨린 카즈마는 내가 나중에 꾸짖어줄게! 그러니까 라라티나라는 이름에 자부심을 가져!"

아쿠아는 악의라고는 눈곱만큼도 섞이지 않은 말로 엎드린 다크니스를 몰아붙였다.

그리고 일부러 다크니스의 옆자리에 앉은 메구밍은 웃음을 참느라 어깨를 부들부들 떨면서, 가늘게 떨고있는 다크니스의 어깨를 마구 흔들어댔다.

—다크니스가 울음을 터뜨리면서 싫어할 만한 일이란 바로, 그녀의 본명인 라라티나를 널리 알리는 것이다.

덕분에 다크니스는 매일같이 모험가들에게 놀림을 당하고 있지만, 그것도 곧 잦아들 것이다.

"—그럼 그 뒤를 이어! 사토 님에게 상금을 수여하겠습니다."

세나가 그렇게 말하자 술렁대던 길드 안이 조용해졌다.

"모험가, 사토 카즈마 일행! 기동요새 디스트로이어 토벌에서 큰 공헌을 한 데 이어, 이번 마왕군 간부 바닐의 토벌은 여러분의 활약이 없었으면 불가능했을 겁니다. 그러므로……!"

세나는 나를 규탄할 때의 차갑고 엄격한 표정은 어디 갔는지, 부드러운 미소를 지으며 말했다.

"여러분이 진 빚과 영주님의 저택 변상금을 보수 금액에서 제하고……."

세나는 우선 종이 한 장을 내밀었다.

"남은 금액인 4천만 에리스를 증정해, 여러분의 공적을 치하하겠습니다!"

그리고 묵직한 주머니를 넘겨줬다.

내가 그것을 받은 순간, 격렬한 박수갈채가 길드 안을 가득 채웠다.

모험가들이 한 턱 쏘라고 외치면서 우리를 축하하고 있었다.

길드 안은 완전히 연회 분위기가 되었다.

나는 연회의 여신인 아쿠아와 메구밍에게 이 자리를 맡긴 후, 다크니스와 함께 길드를 빠져나왔다.

드디어 빚이 사라졌다.

그런데도 나와 다크니스는 기뻐할 수 없었다.

……우리는 이제부터 가야만 하는 장소가 있는 것이다.

마왕군 간부, 바닐을 쓰러뜨렸다는 사실을 보고해야만 하는 상대가 있다.

분명 바닐은 말했다.

이 마을에 사는 친구를 만나러 왔다고 말이다.

그 친구는 열심히 일할수록 가난뱅이가 되고 마는 불가사의한 특기를 지닌 얼간이 점주…… 라고 말했었다.

그 얼간이 점주는 바닐과 마찬가지로 마왕군 간부인 위즈일 것이다.

즉, 우리는 위즈의 오랜 친구를 쓰러뜨리고 말았다.

바닐이 아쿠아를 노린데다 모험가라는 직업상 어쩔 수 없는 일이라고 해도, 이번 토벌은 영 찜찜했다.

우리는 사람들의 왕래가 많지 않은 뒷골목으로 들어갔다.

그리고 위즈 마도구점이라고 적힌 간판이 걸린 가게 앞에 섰다.

"카즈마. 이번 일은 내가 위즈에게 보고하겠다. 잠시 동안이라고는 해도 바닐과 나는 한 몸을 공유하며 힘을 합쳐 날뛴 사이지. 그리고 남을 놀려대는 점은 마음에 들지 않았지만, 그렇게 나쁜 녀석은 아니라고 생각한다. ……왠지 집요하게 아쿠아를 적대시하기는 했지만 말이야. 에리스 님을 섬기는 크루세이더인 내가 이런 말을 해서는 안 되겠지만……. 뭐, 싫진 않은 자식이었다."

다크니스는 가라앉은 눈빛을 머금고 그렇게 말했다.

그런데 이 녀석, 방금 힘을 합쳐 날뛴 사이라고 말했잖아.

역시 그때 모험가들을 쓰러뜨리는 걸 꽤나 즐긴 것 같았다.

아무튼, 우리는 현관문을 열고 가게 안으로 들어갔다.

"어서 오세요~."

그 느긋한 목소리를 듣고, 사실을 안 위즈가 어떤 표정을 지을지 상상한 나는 벌써부터 가슴이 아파오기 시작했다.

—그리고 가게 안으로 들어간 나는 앞치마를 걸친 신참 점원을 발견했다.

그 점원은 몸집이 꽤 컸다.

그리고 입가에 미소를 머금더니, 싹싹한 목소리로—!

"어서 오십시오! 가게 앞에서 부끄러운 대사를 뱉으며 가라앉은 눈빛을 띤 소녀여. 그대에게 해줄 말이 있다. 싫진 않은 자식이었다는 발언 말인데, 악마에게는 성별이 없다. 그러니 그런 부끄러운 고백을 받아도 응해줄 수가 없지. ……어이쿠, 이 엄청난 수치심은 정말 맛있구나! 왜 갑자기 주저앉아서 무릎을 꼭 끌어안는 거지? 혹시 이 몸이 소멸했

다고 생각한 것이냐?! 후하하하하하!"

가면을 쓴 그 점원은 당연한 듯이 그곳에 있었다.

가게 바닥에 주저앉아 무릎 사이에 새빨개진 얼굴을 묻은 채 부들부들 떨고 있는 다크니스의 어깨를 내가 두들겨주고 있을 때, 안쪽에서 위즈가 얼굴을 내밀었다.

"어머! 카즈마 씨, 어서 오세요! 바닐 씨를 쓰러뜨려서 스파이 혐의를 벗었다는 이야기는 들었어요! 정말 축하드려요! 이제 빚 문제만 남았군요! 그것도 걱정 마세요. 바닐 씨는 돈 버는 재주가 정말 뛰어나거든요……!"

위즈가 기쁨에 찬 목소리로 그렇게 말하자, 나는 한손을 들어 그녀의 말을 끊으면서 입을 열었다.

"바닐을 쓰러뜨리고 혐의를 벗은 건 맞거든? 그런데 이 녀석은 대체 뭐야? 왜 폭렬마법을 맞고도 멀쩡한 건데? 존재 자체가 반칙 아냐? 이렇게 멀쩡한 게 말이 되냐고."

바닐은 내 말을 듣더니 뜻밖이라는 투로 말했다.

"무슨 소리를 하는 것이냐. 아무리 이 몸이라도 그런 걸 맞고 무사할 리가 없지 않느냐. 자아, 이 가면을 유심히 봐라."

바닐은 그렇게 말하면서 가면의 이마 부분을 손가락으로 가리켰다.

얼굴을 내밀어 유심히 보니, 거기에는 Ⅱ라는 문자가 새겨져 있었다.

"폭렬마법으로 여유분이 하나 줄었다. 즉, 2대 바닐이라는 거지.”

“헛소리 좀 작작해.”

내가 주저 없이 그렇게 말하자, 위즈는 나를 달래듯 말했다.

“바닐 씨는 전부터 마왕군 간부를 관두고 싶어 했어요. 그래서 한 번 소멸한 후, 꿈을 위해 다시 부활한 것 같아요. 지금의 바닐 씨는 마왕성의 결계를 관리하고 있지 않아요. 그러니 무해하다고요.”

오랜 친구와 만나 기쁜 듯한 위즈는 활짝 웃으면서 말했다.

무, 무해하다고……?

아쿠아를 불러서 한 번 더 소멸시키는 편이 좋을 것 같은데…….

내가 고민에 잠긴 바로 그때였다.

“그대, 머나먼 저편에서 온 남자여. 그대, 아무런 특기나 힘도 없으면서 마왕을 쓰러뜨리려 하는 남자여. 내다보는 악마가 예언한다. 머지않은 미래에, 저기서 훌쩍이고 있는 소녀와 그대에게 거역하기 어려운 시련이 찾아올 것이다. 그 시련은 강대하며, 그대는 자신의 무력함을 실감하게 되겠지. 그때까지는 우리 장사에 협력하는 편이 좋을 것이다. ……괜찮은 장사거리가 있는데, 협력하지 않겠느냐?”

바닐은 그런 수상쩍은 소리를 하면서 즐거운 듯이 입가를 일그러뜨렸다—.

〈끝〉

■작가 후기

우와아아아! 3권이다아아아아아!

여러분 덕분에 3권이 나왔습니다. 나오고 말았습니다.

이쯤 되니 슬슬 현실미가 느껴지기 시작합니다.

아침에 눈을 뜰 때마다 「뭐야, 꿈이잖아…….」 같은 드립이 아닐까 하고 의심병에 걸리기 때문에 베갯머리에 1, 2권을 두었었는데 이제는 슬슬 베개가 필요 없을 것 같습니다.

그러고 보니 어느새 해외 번역판도 나오고 있습니다.

현재 여러 나라 말로 번역되어 판매 되고 있다고 합니다.

대체 어떤 식으로 번역이 되어 있을까요.

특이한 표현을 쓸 때나, 묘한 만담을 할 때도 많은데 말이죠.

……제 입으로 이런 말을 하는 것도 좀 그렇지만, 꽤나 이상한 일본어를 쓰기 때문에 번역하시는 분들께서 고생하시지는 않을지 걱정입니다.

그렇기 때문에 좀 제대로 된 일본어를 쓰라는 태클은 환영합니다.

환영은 하지만 고칠 생각은 없습니다. 그냥 듣기만 할 겁니다.

전에 책장에 진열된 제 작품을 앞으로 몇 센티미터 정도 만 빼서 눈에 띠게 해주려고 서점에 갔다가, 서서 1권을 읽고 계신 분을 발견했습니다.

뜻밖의 사태가 발생한 탓에 당황하고 있을 때, 그 분이 책을 들고 카운터로 가시기에 무심코 그 분의 등을 쳐다보며 고개를 숙였습니다.

누군가가 제 작품을 눈앞에서 구입하는 모습을 보면 항상 당황합니다.

뭐랄까, 일본 전국에 계신 독자 여러분들을 향해 발을 뻗고 잘 수 없을 듯한 심정이니, 오늘밤부터는 서서 자겠습니다.

……. 거짓말입니다. 무리입니다. 죄송합니다.

그럼 영문 모를 소리는 이쯤 하고, 작품에 대해 이야기할까 합니다.

3권에 등장한 검찰관은 앞으로도 자주 등장할 듯 합니다.

주인공들과 얽히게 된 탓에 앞으로 출세가도에서 벗어나 막장 인생을 살게 될듯 합니다.

주인공들이 일으킨 문제를 주로 담당하게 될 불쌍한 인물입니다.

문뜩 생각난 건데, 이 작품에 나오는 캐릭터는 하나같이 불행하군요.

그, 그래도 마지막에는 분명……!

그런고로, 여러분이 이 작품을 끝까지 읽어주시도록 앞으로도 노력하겠습니다…….

지난 권에서도 언급했습니다만, 메구밍이 주인공인 스핀오프 작품이 스니커 문고 홈페이지에서 연재되고 있습니다.

괜찮으시다면 그것도 읽어봐 주십시오.

앙케트에도 참여해주신다면 작가가 정말 기뻐할 겁니다.

그러고 보니 이번에도 많은 분들에게 폐를 끼쳤습니다.

솔직히 말해 오자 남용과 일본어를 잘못 쓰는 부분은 고쳐야겠습니다.

정말 죄송합니다. 더욱 수행하겠습니다.

그리고 미시마 쿠로네 님, 이번에도 멋진 일러스트를 그려주셔서 감사합니다.

편집부 여러분, 이 책의 제작에 관여해주신 분들, 정말 감사합니다.

3권이 무사히 발간된 것은 여러분 덕분이라고 진심으로 생각합니다.

여러분에게 폐를 조금이라도 덜 끼치는 작가가 되고 싶습니다.

담당 편집자님이 과로와 심적 고통으로 쓰러지기 전에 성장하겠습니다.

……힘내겠습니다.

…………힘낼 수 있다면 좋겠네요.

참고로, 4권도 금방 발간될 듯 합니다.

감사합니다! 감사합니다……!

다음 권도 최선을 다해 쓰겠습니다. 그러니 독자 여러분께서 구입을 검토해주신다면 작가도 기쁠 겁니다.

『이 책을 샀더니 애인이 생긴 것 같은 느낌이 들었다』

『이 책을 산 김에 복권을 열 장 정도 샀는데 300엔 땄다』

『부적 대신 삼아 이 책을 몇 권 사서 품속에 넣어뒀더니, 전장에서 살아 돌아왔다.』

……같은 보고는 전혀 없습니다.

이 작품을 읽고, 잠시 동안이라도 여러분이 웃어주신다면 정말 기쁠 것 같습니다.

—그럼 이 책의 제작에 참여해주신 모든 분들.

그리고 이 책을 구입해주신 독자 여러분에게 진심으로 감사드립니다!

아카츠키 나츠메

축!
3권 발매
다크니스는
권수가 늘어갈수록
괴롭혀줘 수치가
상승하고 있군요…….
그런고로 이번엔
아름다운
다크니스 양입니다.
상류층 아가씨를
그리는 건
정말 즐겁습니다.
2014.03

NEXT

어머나, 정말 향기가 좋군요.
카즈마 씨, 최고급 홍차를 끓여왔답니다.

응, 고마워.

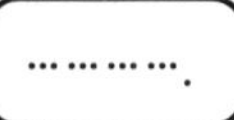

아무리 거금이 생겨도 그렇지
이렇게까지 타락하다니…….

제 말이 그 말이에요! 저기, 카즈마.
퀘스트를 하러 가고 싶은데요…….

레벨을 올리고 싶으면 모험가를
고용하면 되잖아. 나는 동장군에게
당했던 상처가 아파서 무리야.

……그래! 상처가 아프면 물과 온천의 도시,
『아르칸레티아』에 요양하러 가자.

뭐?!『아르칸레티아』?! …………흐음, 좋아!
드디어 내가 얼마나 엄청난 존재인지 가르쳐줄 때가 된 것 같네!

응?? 뭐, 온천이라면 가볼까!

■역자 후기

안녕하십니까. 근로청년 번역가 이승원입니다.

『이 멋진 세계에 축복을!』 3권을 구매해주셔서 진심으로 감사드립니다.

11월 중순이 지나니 추위가 몰려왔습니다. 며칠 전까지만 해도 반팔에 후드를 걸치고 다녔는데, 오늘은 오리털 파카를 입고 다닙니다. 작업복도 핑크색 후드재킷에 꽃무늬 몸빼바지로 변경! 그래도 추워서 스토브까지 꺼냈습니다.

그런데 이렇게까지 했는데도 감기를 피할 수 없더군요. 아침에 일어났는데 눈앞에 별이 보이기 시작하더니, 정신이 헤롱헤롱했습니다. 그 상태에서 병원 가봤더니 의사 선생님이 만성피로가 원인이라면서 입원 좀 하라는 이야기를 또(어이-_-) 들었습니다만, 결국 링거 한 대만 맞고 집에 와서 일을 하고 있습니다, AHAHA.

자, 그럼 본편에 관한 이야기를 조금 해볼까 합니다.

스포일러가 포함되어 있을 수도 있으니 본편을 읽지 않으신 분들은 유의해주시길!

이번 권은 다크니스를 중심으로 스토리가 진행되고 있습니다. 지난 권에서 국가전복죄 혐의를 받게 된 카즈마는 재판을 받게 됩니다. 그리고 동료들의 열띤 변호(약 한 명은 역X재판 놀이에만 관심이 있습니다만^^)에도 불구하고 사형을 받게 생겼죠. 그런 카즈마를 구하기 위해 다크니스가 나섭니다. 자기 자신을 희생해 카즈마를 구한 다크니스는 악독한 영주를 찾아가 며칠 동안 돌아오지 않습니다. …… 이런저런 추측이 난무하는 가운데, 진행된 대서사시(?)는…… 카즈마와 유쾌한 동료들다운 결말을 맞이합니다.

끝내주는 성적 취향을 지닌 다크니스의 주가가 마구마구 상승하는 이번 권도 재미있게 읽어주시기를 진심으로 빕니다!

그럼 이만 줄이겠습니다.

이 작품을 저에게 맡겨주신 L노벨 편집부 여러분. 언제나 재미있는 작품을 맡겨주셔서 감사합니다. 매번 컨디션 난조로 폐를 끼쳐 죄송하옵니다(넙죽).

라면사리 무한리필 부대찌개 집에서 라면 사리만 다섯 개 먹어치운 악우여. 가게 사장님이 너를 쳐다보는 눈길을 나는 평생 잊지 못할 거야.

마지막으로 언제나 제게 버팀목이 되어주시는 어머니와

『이 멋진 세계에 축복을!』을 읽어주신 모든 분들에게 진심으로 감사드립니다.

아쿠시즈 교도의 무시무시함(?)을 느낄 수 있는 4권 역자 후기 코너에서 다시 뵙겠습니다!

2015년 11월 말

역자 이승원 올림

이 멋진 세계에 축복을! 3
부르잖아요, 다크니스 씨.

1판 1쇄 발행 2016년 1월 10일
1판 18쇄 발행 2022년 3월 4일

지은이_ Natsume Akatsuki
일러스트_ Kurone Mishima
옮긴이_ 이승원

발행인_ 신현호
편집장_ 김승신
편집진행_ 권세라 · 최혁수 · 김경민 · 최정민
편집디자인_ 양우연
관리 · 영업_ 김민원

펴낸곳_ (주)디앤씨미디어
등록_ 2002년 4월 25일 제20-260호
주소_ 서울시 구로구 디지털로 26길 111 JnK디지털타워 503호
전화_ 02-333-2513(대표)
팩시밀리_ 02-333-2514
이메일_ lnovellove@naver.com
L노벨 공식 카페_ http://cafe.naver.com/lnovel11

ISBN 979-11-86906-26-2 04830
ISBN 978-89-267-9978-9 (세트)

값 6,800원